新潮文庫

叛逆指令

上巻

トム・クランシー
スティーヴ・ピチェニック
伏見威蕃訳

謝辞

マーティン・H・グリーンバーグ、ラリー・セグリフ、デニス・リトル、ジョン・ヘルファーズ、ブリティアニー・コーレン、ヴィクトリア・ブンドニス・ロヴィン、ロバータ・ピチェニック、カール・ラグレカ、編集者トム・コルガンの支援に感謝する。だが、なによりも肝心なのは、われわれの努力がこうして実を結んでいるのは、あなたがた読者のおかげだということである。

――トム・クランシー、スティーヴ・ピチェニック

叛逆指令

上巻

主要登場人物

ポール・フッド……………オプ・センター長官

マイク・ロジャーズ………　　〃　　副長官。陸軍少将

ボブ・ハーバート…………　　〃　　情報官

マット・ストール…………　　〃　　技術官

ダレル・マキャスキー……　　〃　　の国内・海外情報連絡官

マリア………………………ダレルの妻

ダン・ダベンポート………議会情報監督委員会の委員長。上院議員

ドン・オー…………………テキサス州選出の上院議員

ケネス・リンク……………元海軍情報部長。提督

ケンドラ・ピーターソン…オーの上級アシスタント

キャット・ロックリー……　〃　広報官

エリック・ストーン………　〃　スタッフの一員

ウィリアム・ウィルソン…コンピュータ会社のCEO。イギリス人

ロバート・ハウエル………ワシントン市警の警部補

ルーシー・オコナー………ジャーナリスト

1

日曜日　午後九時二十二分
ワシントンDC　ジョージタウン

戦闘は楽ではない。でも、これよりは楽だ。

マイク・ロジャーズ陸軍少将は、スコッチのグラスを持って立ち、それがダブルで、好きなようにごくごく飲めればいいのにと思っていた。オーガスト大佐か国防総省の友人といっしょに暗い酒場にいるのなら、そうしていただろう。それなら、ビールをチェイサーに、心地よいほろ酔いかげんを楽しめる。しかし、いまは友だちといっしょではない。ワシントンDCのジョージタウンでもとりわけ高級なNストリートにある三階建てのタウンハウスで、ブラックタイのパーティにつらなっているところなのだ。一階のボールルームには、政治家、知名人、弁護士、外国からの賓客、財界の大物、テレビ局の経営幹部などが、二百人近く集まっている。

そのひとびとが、数人ずつ群れている。すぐそばの人間と熱心に話し合いながら、まわりの群れの話にも耳を澄ましている。目の動きで、ロジャーズにはそれがわかった。盗み聞きしている方角に、視線がほんのすこし動く。銀髪の上流階級には、CIAの秘密工作部門もうらやむような偵察能力の持ち主がいる。

戦場であれば、だれが敵なのかははっきりしている。こうしたパーティでは、ひと晩のあいだに同盟が結ばれてはまた作り変えられる。だいたいワシントンDCではどこでもそうなのだが、さまざまな競争分野の実力者たちが、大挙して集まってきたように見える。戦闘では、戦いが終わったことが兵士にはわかる。ワシントンでは、小競《こぜ》り合いが永遠につづいている。ロジャーズが副長官をつとめているオプ・センターですら、危険の大きい作戦をめぐる意見の相違のために、友情はつねに試されている。ポストの奪い合いのために信頼が揺らぐ。忠誠心は、ダウンサイジングや官僚機構の内紛に脅《おびや》かされ、叩《たた》き潰《つぶ》されることもままある。

ロジャーズがこのパーティに出ているのは、オプ・センターの状況が原因だった。指揮下にあった緊急展開部隊ストライカーが解隊されたあと、ロジャーズは専属のHUMINT（人間情報）部隊をまとめあげた。思っていたほどには、楽しい作業ではなかった。観察してメモをとるよりは、大砲からぶどう弾を発射して戦うほうが性に合っているからだ。必要不可欠な仕事だが、ただロジャーズ向きではなかった。さらに悪いことに、情報官であるボブ・ハーバートの権限の一部を侵してしまった。ふたりのあいだの緊張はまだ目立たないが、影響は甚大《じんだい》だった。反目しているわけではない。逆に、相手に対してひどく用心深くなった。外野手ふたりが高いフライを追っていて、捕球の手前でためらい、あいだに落としてしまうようなところがあった。

テキサス州選出のドン・オー上院議員の補佐官が電話してきて、専門家のご高説を聞きたいといわれたので、ロジャーズはパーティに来た。三期当選で五十八歳になるオー上院議員は、大声で「やあ、将軍！」と声をかけると、そのままパーティの人ごみに呑《の》み込まれた。牧場主から転身した白髪の上院議員は、群れから群れへと伝い歩くあいだ、おなじような言葉を発して握手を交わしたり、頰にキスしたりしていた。全員とそうするのだろう、とロジャーズは思った。

ロジャーズはそのままそこにいたが、数人がオー上院議員の後についていった。むろん、みんなあからさまにはやらない。マフィアの組員とおなじで、ドンの目に留まって紹介してもらいたいと思っているのだ。ロジャーズは知り合いがほとんどいなかったので、ホームバーの近くに陣取り、ふたりいるバーテンダーのひとりとしゃべっていた。グランドファザー・クロックが三十分を告げたとき、横のほうからひとりの女が近づいてきた。

「ワシントンでアウトサイダーでいるよりも嫌なことがひとつだけあるわね」バーテン

ダーにコークを頼むと、女はそういった。

「なにかな?」ロジャーズは、女のほうをちらりと見た。

「ワシントンでインサイダーになること」女が答えた。

ロジャーズは頬をゆるめた。教養が感じられるはきはきした物言いで、かすかにヴェトナムなまりがあるが、あとはどこを見てもワシントンの政財界のインサイダーだ。

「ロジャーズ将軍、わたしはケンドラ・ピーターソン。オー議員の上級アシスタントです」ほっそりした手を差し出した。「いらしてくださってよかったわ」

ロジャーズは笑みをひろげて、ケンドラの手を握った。三十代半ば、身長は一七〇センチ前後、浅黒い肌、エキゾティックな目、ストレートの黒い髪。いかにも世慣れた落ち着いた物腰だった。薄物の太いサッシュのついた、ストラップのない濃紺のサテンのドレスを着ている。男を誘うような服だが、あなたがだれだろうが興味はないという顔をしている。

「こちらこそ、お目にかかれてよかった」ロジャーズはいった。「ここに来た理由がわからなくなりかけていましたよ」

「上院議員とはあまりお話ができないとわかっていましたけど、わたしたちが相手にしているひとたちのことを、すこしは知っていただきたかったので」

「そうですか。なぜだか、きいてもいいですか?」

「上院議員は、将軍のことをよく知りたいようなんです」ケンドラがいった。

「それ以上詳しいことは、あなたの口からはいえないんですね」

ケンドラがうなずいた。

「上院議員が大統領に立候補するために第三の政党をつくろうとしている、という噂《うわさ》を聞きました」ロジャーズは語を継いだ。「ほんとうですか？」

ケンドラが、はぐらかすようにほほえんだ。「あすの午後、上院議員と会っていただく時間はありますか？」

「わけにもよりますけどね」ロジャーズはいった。「なんの用意もなくめんどうなところには行きたくないんですよ」

ケンドラが、コークをひと口飲み、パーティ会場に顔を向けた。「このタウンハウスは、ジョージタウンがコロンビア特別区に組み込まれてから六年後の一八七七年に建てられたのよ。そのころの値段がわかる？」

「このパーティの費用よりは安いでしょうね」

ケンドラが、にんまりとした。「だいぶ安いわ。税金の記録では、五千ドル以下。七年前、三期目のはじめに、上院議員が買ったときの値段は、二百七十万ドルでした」

「なにがいいたいのかな——？」

男をとろけさせるような目で、ケンドラがロジャーズを見据えた。「ここを建てたのは、自分が住む気はなかった船長で、孫娘に遺《のこ》したんです。ほかの遺産よりも、ずっとこのほうがよろこばれることがわかっていたから。上院議員は、自分の政治家としての未来についても、そういった考えかたをしています。わたしたちがここではじめることは、何年もたったら、幾何級数的にひろまるでしょう」

「言葉を返すようだが、みんなそういうんだ」ロジャーズはぴしゃりといった。

「上院議員には、多くの有権者がついています」

「知っている。調べてみた。保守的、保護貿易主義者、強権主義者にもだいぶ後押しされている」

「あなたの信念とそんなにちがうのかしら？」

「ちがうとはいい切れない。まあ、それは先刻承知だろうが」

「上院議員には、強力な味方がいて、資金や人材も豊富よ」ケンドラが、打ち明けた。「将軍、あなたはみんなにとっても尊敬されている。上院議員にはあなたのような補佐官が必要になるのよ」顔を近づけた。「戦場でもデスクでも経験が豊富で、どちらの戦いの場でも怖《おそ》れを知らない。情報部門の経験もある。あなたは異色の技能をいろいろそなえている」

「ありがとう」オプ・センターで何週間も私生児みたいな心地を味わっていただけに、そういわれるのはいい気分だった。

ケンドラがコークを飲み干した。グラスをカウンターに置く。「ロジャーズ将軍、疲れたわ」

「そうは見えない」

「気持ちの問題なのよ」ケンドラはいった。「部下たちと、何週間もかけてこのパーティの準備をしたの。そっと脱け出して休むわ」

「だったら、ついていくよ」ロジャーズはきっぱりといった。「送ろうか？」

「やさしいのね。でも、上院議員の運転手のカーライルさんが送ってくれるわ。それにあなたはここにいて、姿を見せていないと」

「なにをやるんだ？」

「みんなと話をするのよ」

「あなたのところの〝豊富な人材〟は、わたしがそういうことは得意じゃないといったはずだよ」

「聞いたわ」ケンドラは正直に答えた。「物覚えが早いということもね。政財界の実力者が、このグループとあなたの顔を結びつけて考えるようになると、わたしたちはとっても助かるのよ」

「姿を見られる兵隊は狙《ねら》い撃ちされる」ロジャーズは応じた。「高みか塹壕《ざんごう》のなかか、どちらかにいたいね」

「平和なときでも?」

「ここは平和なんだろうか、ピーターソンさん?」

「ケンドラでいいわ」

「ケンドラ」ロジャーズはうなずいた。「ずいぶん兵隊が動員されているように見えるんだけどね」

「たしかに、ワシントンに中立なんてないわね」ケンドラが笑った。ハンドバッグから〈パームパイロット〉を出した。「午後三時に、上院議員やリンク提督と会っていただける?」

「リンク提督」ロジャーズはいった。「聞いたことがあるな」

「ケネス・リンク。あそこでウィリアム・ウィルソンと話をしている分厚い胸のひとよ。クルーカットで、赤いボウタイ」

ロジャーズは、そっちを向いた。「わかった。でも思い出せない」

「もと海軍情報部長で、そのあと、CIA工作本部長をつとめた」

「そうか。思い出した。NIPCの会議で何度も会ったことがある」NIPCとは全米インフラストラクチャ防護センターの略で、一九九八年、さまざまな情報機関や民間のシンクタンクから人材を集めて、FBI本部内に設立された。目的は、エネルギー、金融、電気通信、水道、緊急対処機関などの重要なインフラに対する、ウイルスなどの脅威を評価することを目的としている。「特定の利害関係や妥協のことばかり、文句をいっていた」

「国家安全保障が関わっているときには譲れない、というのが提督の信念なのよ」ケンドラは答えた。「提督と毎日仕事をするとしたら、うまくやっていけるかしら？」

「国家安全保障と被害妄想を区別してもらわない限り、無理だな」

「どう区別するの？」

「前者はちゃんと錠前がついているドアだ。後者は蝶番《ちょうつがい》もはずれているドアだ」と、ロジャーズは答えた。

「名文句ね。ご本人同士で話し合ったらどう——三時に都合がつけばだけど」

「行きますよ」ロジャーズはいった。

「よかった」〈パームパイロット〉をしまうと、ケンドラはもう一度手を差し出した。

「おいでいただいて感謝しています、将軍。これが、実りの多い長いお付き合いのはじまりになるといいわね」

離れてゆくケンドラに、ロジャーズは笑みを向けた。見送ることはせず、バーのほうに向き直った。スコッチを飲み終えるあいだ、いまの短いやりとりを頭のなかで再生した。ケンドラ・ピーターソンは、オー上院議員が新党を設立して大統領選挙に臨むつもりであることを、おおよそ認めた。それを手伝うのはかまわない。自分の思想は、中道よりもいくぶん右に寄っている。オーのビジョンを支えるのにはやぶさかでない。ロジャーズは、草創期にあった国内危機管理機関を、ポール・フッド長官やボブ・ハーバートとともに、アンドルーズ空軍基地に移転させたときのことを思い出していた。FBIのダレル・マキャスキー、コンピュータの天才マット・ストール、政界に人脈のあるマーサ・マッコール、心理学者でプロファイリングを専門とするリズ・ゴードン、弁護士のローウェル・コフィーなど、優秀な人材を十数の部門に配置した。それから、ストライカーを編成し、いまは亡《な》きチャールズ・スクワイア中佐を選抜して指揮官にした。その時点で、国内の危機を担当していた組織は、国際的な戦いの場にまで責任範囲を拡大した。じつにエキサイティングで実りの多い時期だった。自分の進歩も大きかったという意識がある。ヴェトナムで戦い、湾岸戦争では機械化歩兵旅団を指揮し、北朝鮮やベカア渓谷で特殊作戦を行ない、国連本部では人質を救出し、スペインでは内乱を防ぎ、インドとパキスタンの核兵器の応酬を食い止めた。

世の中をよくしてきた、という気持ちがそこにある。

それがいままでは、スパイを勧誘し、データを分析している。立派な仕事ではあるが、指揮と監督には大きなちがいがある。かつて中国の劉少奇《りゅうしょうき》はなんといったか？ 真の指導者は象である。あとは鼻に葱《ねぎ》を突っ込んで、象に見せかけようとしている豚だけだ、と劉少奇はいった。

バーテンダーに会釈《えしゃく》すると、ロジャーズはパーティ会場のほうを向いた。ここには自分が魅力を感じるものはなにもない。うわべだけの歓迎、盗み聞き、依存と束縛の入り組んだ関係、虚飾には興味がない。だが、自分も象ではなく豚になりかけているような気がしはじめていた。そろそろ居場所を換える潮時だ。

オー上院議員やリンク提督と話をしよう。だが、その前にフッド長官に話しておきたい。いくら仕事がつまらなくなっても、これだけは妥協できない。この部屋にいる連中のほとんどには、理解できない哲学だろうが。

マイク・ロジャーズは、忠誠を何事よりも大切にする。

2

日曜日　午後十一時十八分
ワシントンＤＣ

リヴァプール生まれのウィリアム・ウィルソンは、かつてはホワイトハウスやワシントン記念塔やラファイエット・パークを一望できるヘイ・アダムズのような由緒《ゆいしょ》あるホテルに泊まる金など持たなかった。アメリカの上院議員が主催するジョージタウンのパーティに招かれることもなく、こういう女性が近づいてくることもなかった。

二十億ドルという金で、そういったことはころっと変わる。

身長一九〇センチでひょろひょろに痩《や》せたウィルソンは、三十一歳のマスターロック・コンピュータのテクノロジー開発者だった。キイボードとアイコンと音声周波数の組み合わせを利用するハッカー撃退のためのファイアウォールを、五年前に開発した。革命的なコンピュータ・セキュリティ・システムの開発だけに甘んじることなく、ウィルソンは破綻《はたん》しかかっていたロンドン商農銀行を買収し、それをヨーロッパの強力企業に仕立てあげた。そのつぎの段階として、ヨーロッパのビジネスに投資するインターネット金融サービスの〈マスターバンク〉を、立ち上げようとしていた。ワシントンDCに来たのは、アメリカ議会金融財政サービス委員会の経済諮問《しもん》会議のメンバーと会うためだった。テロとの戦いの一環として厳しくなっている外国からの直接投資への規制を緩めてもらうのが狙いだった。それによって、何億ドルをもアメリカの銀行や株式市場から流出させ、その見返りに、アメリカ企業への何億ドルもの出資を可能にする、という仕組みだった。そうすれば、アメリカ国内のキャッシュフローを維持しながら、利益や税制上の優遇策をほとんどものにできる。

パーティがはじまったころに、目の醒《さ》めるような若い美女が近づいてきた。到着してから、ほんの数分しかたっていなかった。レポーターだという。インタビューがしたくて誘いをかけたのではないと断わってから——担当は環境と気象だという——あとで寄ってもいいかと、その女がたずねた。

「テクノロジーを大躍進させる男に惹《ひ》かれるの」

そんな口説き文句をはねつけられる男が、どこにいる。

二時間後、ウィルソンはボディガードふたりと運転手を従えて、パーティ会場を出た。女とは午後十一時に会う約束をした。表にはパパラッチがいるし、いっしょに出るところを写されたくなかった。世間は保守的なものだ。道楽者としてゴシップ欄に載るのではなく、金融や科学のページの一流人でいたい。

泊まっているのは、最上階のフェデラル・スイートだった。ボディガードはとなりのプレジデンシャル・スイートに泊まる。動きを感知する防犯装置が、ウィルソンのスイートのドアの外とバルコニーに設置してある。予告なしに何者かが侵入をはかろうとすると、ボディガードの手首に巻いたバンドが音もなく振動して、警戒を呼び覚ます。

ウィルソンは、ルームサービスで一九七〇年のドン・ペリニョンと、薄いグレイのベルーガ・キャヴィア（訳注　ベルーガは、チョウザメの種類のひとつ）を注文しておいた。ナイトスタンドに飾る薔薇《ばら》にくわえて、蠟燭《ろうそく》も届けさせた。ボウタイはほどいたが、首に巻いたままにして、ジヴアゴ・ミレニアムを襟元にほんのすこしスプレーした。そういった道具立ては、必要なかったかもしれない。テクノロジーを大躍進させているのだから。しかし、パブの店主の息子として生まれたウィルソンは、ビールと煙草《たばこ》以外のにおいが嗅《か》げるようになったことがうれしかった。ビールと煙草のにおいのしない女といっしょにいられるのは、なおのことうれしかった。

女は時間どおりに現われて、到着したことが知らされた。ボディガードひとりがエレベーターまで迎えにいって、スイートに案内した。ウィルソンは、薔薇を一本持ってドアで出迎えた。女がにっこり笑った。女の笑みの前では、薔薇も形無しだった。

ふたりはちっちゃなトーストに載せたキャヴィアを食べ、シャンパンを飲んだ。身を寄せてバルコニーに立ち、ホワイトハウスを眺めた。言葉はあまり交わさなかった。女はそこにいるだけで満足しているようだったし、ウィルソンは女がいることがうれしかった。遠くの教会の鐘が午前零時を告げると、ふたりはそそくさとバルコニーから本物のヘップルホワイトのマホガニー製長椅子《ながいす》へ行き、そこからまた寝室へと行った。女がドレッサーの上の蠟燭を吹き消し、ナイトテーブルにハンドバッグを置いて、キングサイズのベッドにウィルソンを押し倒した。美しいだけではなく、積極的だった。それがわかったので、ウィルソンはなされるがままにしていた。この若さでレポーターとして成功するには、かなり自信が必要だろう。彼女はそれをいま見せつけている。

「どういうのが好みかな?」ウィルソンはきいた。

「じっとしてて」女は答え、上に乗った。

ウィルソンは視線を返して、にやりと笑った。女はウィルソンの腕を手でなぞるようにして、両脇《りょうわき》にのばさせた。掌《てのひら》を膝《ひざ》で押さえつけ、長い爪《つめ》で、胸から首の横と頭までであげた。引き締まった女の体が、鞭《むち》のようにしなり、欲情の波とともに痙攣《けいれん》する。ラファイエット・パークの明かりが窓から射《さ》し込み、女の頬や肩がときどきひらめいて見えた。

稲妻女、ウィルソンは思った。体の奥から雷鳴が轟《とどろ》いている。

シャンパンを飲むと、ウィルソンは情熱的な詩人になる。頭に浮かんだその気障《きざ》な台詞《せりふ》を口にしようとしたとき、女が胸の上で体を乗り出し、大きいほうの枕《まくら》をウィルソンの体の下から引き出した。それをウィルソンの顔にかぶせて、思い切り体重をかけた。「おい！」ウィルソンは叫んだ。もう一度叫ぼうとしたときには、息が残っていなかった。目を閉じて、口も閉じ、頭を持ち上げようとした。首がひきつれて痛んだのでやめた。

ウィルソンの両手は、女の膝で押さえつけられていた。左右に身をよじりながら、手を引き抜こうとするが、だめだった。ボディガードが聞きつけることを願い、枕の下で叫んだ。声が聞こえたとしても、そちらからの動きは聞こえなかった。聞こえるのは、頭の下のベッド・スプリングの笑い声と、喉《のど》から飛び出しそうになっている心臓の音と、空気を求めている自分の喘鳴《ぜんめい》ばかりだった。両手がうずき、女の体とこすれあっている腹と太腿《ふともも》の肌がひりひりした。枕が汗と唾《つば》で濡《ぬ》れていた。

これは遊びだ、とウィルソンは思おうとしたが、瞼《まぶた》の裏で赤茶色の輪がひろがっていった。この女は、これで興奮するんだ。

そうだとしても、責める気持ちはなかった。だが、そんなことを考えている余裕はなかった。いや、考える力を失っていた。へたくそな詩を映像にしたようなものが、頭のなかを飛び交っていた。ちがう場所、ちがうときの出来事の映像。

と、そのスライド・ショーが突然消えた。顔が冷たくなり、口を大きくあけて、おいしい空気を吸い込んでいた。ウィルソンは目をあけ、女を見た。依然として上にまたがっていて、天井よりもいくぶん黒いシルエットになっている。ウィルソンの目は汗で曇っていた。身をかがめた女の姿がぼやける。ラファイエット・パークの明かりで、なにかがきらりと光った。女の手になにかが握られている。女を押し戻したかったが、腕を依然として押さえつけられていた。大きくあけた口で懸命に息を吸っていたので、悲鳴も出なかった。

女がさらに身をかがめ、左の掌でウィルソンの鼻の下を押さえた。そして押しあげる。

「なに——」顔が反った状態では、そういうのがやっとだった。弱々しい悲鳴が漏れたが、餌《えさ》をほしがっている豚みたいな声だった。

あるいはセックスをしている男みたいな、とウィルソンは思った。くそ、こんな声が聞こえても、ボディガードは来やしないだろう。

つぎの瞬間、ウィルソンは口のなかに冷たいちくりという痛みをおぼえた。女の体が離れるのがわかる。女が立ちあがるのが見えた。だが、どうにもならなかった。すぐに冷たいうずきをともなう麻痺《まひ》が、耳から首の横にひろがっていった。氷のはいったアイスバケットをぶちまけられたように、それが肩や腕を包み、胸に流れ落ちていった。臍《へそ》をなめ、さらに脚を下っていった。

こんどはもう頭に浮かぶ映像もなければ、もがきもしなかった。明かりもウィルソンの肺も、スイッチを切ったように、消滅していた。

3

月曜日　午前八時二分
ワシントンDC

オプ・センターの公式名称は、国家危機管理センターで、憲章にはそう記されている。正面で入口の脇の真鍮《しんちゅう》の表札や、ロックを解除してロビーにはいるために、いまポール・フッドが読み取り機にかけたバッジにも、そう書いてある。だから、出勤しても危機がないときには、ちょっと複雑な気分になる。安心したような不安なような。

オプ・センターの職員七十八人のうち半数が、情報収集と分析にいそしんでいる。あとの半分は、差し迫った危機や、すでに〝進行している〟危機に対処する。この婉曲《えんきょく》な表現には、反乱、人質事件、テロ行為その他が含まれる。この半数のチームがひまなときには、議会のだれかがそれに気づくのではないかと、フッドは不安になる。インテリジェンス・コミュニティは、議会に教えを乞《こ》うべきかも知れない。新聞記事、ゴシップ、気勘といった程度の情報しかないときでも、議会は人間や組織のプロファイリングを、気味が悪いくらい正確にやってのける。そのあとは宗教裁判まがいの追及だ。そして、かって権力の回廊をのし歩いていたひとびとが、コンサルタントになる。法律顧問などを開業して取り繕うが、じっさいには失業したわけだ。

自分がそういう宗教裁判にかけられた場合にどうするか、フッドには考えも及ばなかった。皮肉なことに、それを阻止する方法はわかっている。オプ・センターに勤務する前、フッドはロサンジェルス市長を二期つとめた。映画産業におおぜい知り合いができたが、大部分が本質的に必要ではない連中だというのを知った。よくできた脚本のあら捜しがうまいぐらいのもので、べつだん雇っておくほどのことはない。アメリカ軍にも、映画産業と似たメンタリティがある。軍の情報部門は、「チアリーダー」と称する連中に資金を提供している。身分を偽装した現地の勢力が、世界各地で紛争を煽《あお》っている。それを「擬似動員」と呼んでいる。世界があまり平和だと、国防予算を増やす必要はなくなる。かといって、軍をあまり縮少すると、ほんものの戦争が起きたときに対処するそなえがなくなる。

国防総省のこうした政策には一理ある。しかし、情報機関の場合、擬似動員は一方向にしか機能しない。外国人をひとり選んで、無実の罪をかぶせ、それを暴露する。外交官のナンバープレートに付随する特権が嫌いなのとおなじで、フッドはそういう手段には抵抗を感じる。ひとつ、ほんもののスパイや破壊工作活動家を見張る人員を、それに割かなければならない。ふたつ、同盟国を敵に変える前に、海外での活動が段階的に拡大するおそれがある。みっつ、そもそもよくないことである。ワシントンDCでは流行おくれかもしれないが、フッドは十誠《じっかい》を信じている。つねに守っているわけではないが、守ろうと努力している。偽証は十誠で禁じられていることのひとつだ。

フッドは警衛に挨拶《あいさつ》をしてから、カードを読み取り機に通してエレベーターに乗り、国家危機管理センターの中枢《ちゅうすう》へとおりていった。ステンレス張りの円形通路の外側にならぶ窓のないオフィスをいくつも過ぎて、奥のほうにある鏡板張りの長官室に行った。ドアの右手の小部屋に詰めている、アシスタントの〝バグズ〟・ベネットが挨拶をした。ベネットはコンピュータに向かって、夜勤職員の報告書を記録する作業に追われていた。

「おはよう」フッドはいった。「なにかあったか？」

「異状なしです」ベネットが答えた。

そうだろうというのは、フッドにもわかっていた。重大事が起きていれば、夜勤の責任者カート・ハーダウェイか、その副官のビル・エイブラムが報《しら》せてくるはずだ。

「ウィリアム・ウィルソンのことは聞きましたか？」ベネットがいった。

「ああ。ラジオで」

「三十一で心臓麻痺ですか」

「セックスは負荷の大きい肉体活動なのよ。本式のバスケットボールや、ロッククライミングに匹敵するの」通りかかったリズ・ゴードンがいった。

わないだろうね」

フッドは、リズに笑みを向けた。「ブルッキングズ研究所にいたら、そんなことはい

「たぶんね」リズも笑いながら、自分のオフィスに向かった。三十五歳の心理学者のリズ・ゴードンは、その有名な独立政策研究機関の職をなげうち、オプ・センターに勤務するようになった。フッドははじめのうち、プロファイリングをさほど信用していなかった。だが、世界の指導者や現場工作員や兵士やオプ・センターの職員が、個人の体験や仕事によるプレッシャーで、どういうふうに変わってしまうかを、リズは何度となくみごとに洞察し、フッドはすっかり感服した。ことに十四歳の長女ハーレーのことでは、フッドはずいぶんリズの世話になった。ハーレーは、元平和維持軍兵士らによる人質事件が国連本部で起きたときに巻き込まれた。ハーレーの心的外傷後ストレス障害に対処するにあたって、リズが力強い有効な助言をあたえた。妻シャロンとのつらい離婚のあとで、フッドが長男のアリグザンダーとの関係を繕うのも手伝った。

フッドはドアを閉めて、デスクにつき、パソコンにパスワードを打ち込んだ。子供や最初のペットの名前ではないし、ここで勤務するようになった初日の日付でもない。それではハッカーに探り出されるおそれがある。パスワードには、好きな小説『夜はやさし』の登場人物ディックダイヴァーの名を選んだ。打ち込むときに思わず口もとがほころぶのも心地よい。遠い昔にフッドと結婚する寸前まで行ったナンシー・ジョウ・ボズ

ワースといっしょに住むようになったころ、交代で朗読したものだ。あのころの世界は魔法に満ちていたし、心はロマンスに満ちていた。その後、ICチップの設計図の盗難が原因で、ナンシーは理由もどこへ行くかも説明しないまま、フッドのもとを去った。それから二十年がたって、フッドはようやくナンシーに再会した。オプ・センターの用事でドイツに行ったときに、偶然出会ったのだ。ナンシーは、ふたりのために金がほしかったが、外国に逃げなければならないはめになったのだと明かした。金はいまさら返せないので、そのまま自分のものにした、と。

ふたりのあいだに、昔の恋情がよみがえった。感情だけで行動はともなわなかったが、生彩をなくして悪化していたシャロンとの結婚生活をぐらつかせる影響をおよぼした。フッドはいま孤独だが、F・スコット・フィッツジェラルドのこの小説は、いまなお、ほんとうの幸福を味わったあのすばらしい場所の鍵《かぎ》になっている。それを毎日思い出せるように、このパスワードを選んだのだ。

フッドは、電子メールを見ていった。以前は出勤すれば新聞を読み、留守番電話のメッセージを処理した。いまはニュースはオンラインで見るし、電話は車に乗っているときか、昼食のときしか使わない。オプ・センターにセキュリティの万全なインターネット・サービスを提供しているＧｏｖＮｅｔは、初期画面でウィルソンの死を大々的に取りあげていた。それも当然だった。ウィルソンのファイアウォールのおかげで、これまでは専用回線だったものに、政府の多くの省庁が接続できるようになった。ウィルソンは、ドン・オー上院議員のタウンハウスでひらかれたパーティに行き、十時半ごろにそこを出て、ヘイ・アダムズ・ホテルのスイートに帰った、と報じられていた。ひとりの女が会いにきた。ホテルによれば、十一時に来て、十二時半に帰ったという。コンシェルジュの話では、膝丈のプリント柄のコートを着て、黒いリボンのついた同柄のクロッシェ編みの帽子をかぶっていたという。帽子のつばは引きおろされていた。顔を見覚えられたくなかったことは明らかだった。べつに珍しくはない。ワシントンDCのホテルで逢引《あいびき》をする高官やビジネスマンは多い。来客の身許《みもと》がばれたり、監視カメラにはっきり顔が写るのはありがたくない。ホテル側はプライバシーを尊重して、あらかじめ知らされている来客については、詮索《せんさく》せずに通すことにしている。

ワシントン市警は、女の身許を突き止めていなかった。アナ・アンダーソンと名乗っていたが、調べてみると、犯罪とはまったく関わりがなさそうな年配の女性だった。最後のロシア皇帝ニコライ二世の娘アナスターシャにまつわる真偽論争があったが、それを連想させるために、ふざけてそう名乗ったのかもしれない。ホテルのロビーと通りの監視カメラは、急ぐふうもなく一六番ストリートを遠ざかる女の姿を捉《とら》えていたが、やがて女は夜の闇《やみ》に消えた。こういった女性がホテルの駐車係に車を任せることはない。ナンバープレートから追跡されたくないからだ。ウェイターからタクシー運転手に至るまで、だれもがタブロイド紙やテレビ番組にネタを売って稼ごうとしていることを、ワシントンの住民なら知っている。じっさいにそういうことがしじゅうある。警察は、ウィルソンは女が帰ったあとで死んだと判断した。女がいるあいだに死んだのであれば、九一一に電話してから、そっと脱け出せばいいのだ。ウィルソンの死に疑わしいふしがなかったので、それが裏付けられた。セックスをしたせいだろうが、ウィルソンはかなり汗をかいていた。それに、ある情報源によれば、「かなり激しい夜だった」ことをベッドのようすが物語っていたという。ウィルソンは若くて、循環器の疾患を起こしたこともなかったが、心電図では発見されない心臓の不具合は多い。さらに詳しいことは、検屍《けんし》で判明するはずだった。

電子メールには、ことに目につくものはなかった。ダウンサイジングされる政府部局や民間企業についての短いまとめ。左派、右派、中道の署名入り特集記事。インタビューの依頼。フッドはいつも断わるようにしている。自分を宣伝するのは嫌だし、オプ・センターの仕組みや部下たちのことを漏らすことには、なんの利益もない。さまざまな国や外国の情報機関にいて、情報を提供したいという個人のパスワード付きウェブサイトへのリンクまでもが、電子メールに含まれていた。フッドはそれらをボブ・ハーバートに転送した。大部分はペテン師で、オプ・センターのことを探ろうとしている外国の諜報員《ちょうほう》もごく少数含まれている。しかし、自分たちの置かれている状況から脱け出したいと思っている核科学者やバイオテクノロジー研究者も、たまにいる。そういうひとびとが話をしたいのであれば、現地のアメリカ人諜報員か大使館の担当者が相手をすることになる。

私信の電子メールを見ようとして、個人のアドレスにアクセスしようとしたとき、ベネットが呼び出し音を鳴らした。ダベンポート上院議員から電話がかかっているという。フッドに驚きはなかった。議会で予算案が検討されている時期だし、サウス・キャロライナ州選出のダベンポート議員は、最近、バーバラ・フォックス議員の後任として、議会情報監督委員会（CIOC）の委員長に就任した。政府の情報機関の活動と経費は、その委員会が監督している。

「おはようございます、上院議員」フッドはいった。

「朝から明るい挨拶をする気分じゃないんだ」ダベンポート議員が、しわがれ声で答えた。「とにかく、わたしのオフィスではね」

フッドは理由をきかなかった。わかっていたからだ。

「ポール、昨夜、CIOC予算小委員会は、戦略的縮小をやるしかないと決めた」

経費削減を、CIOCでは婉曲にそういう。

「昨年度は四パーセントの削減、その前は六パーセントの削減でした」フッドはいった。

「今回はどれくらいの打撃ですかね？」

「最高二〇パーセントを考えている」ダベンポートが答えた。

フッドは気分が悪くなった。

「夜勤スタッフは、五〇パーセント縮小するしかないだろうな。たいへんだとはわかっているが、そうするしかない」

「ちょっと待ってくださいよ。委員会は上院議員が仕切っているんじゃないんですか」

「わかっている、ポール。だからこそ、オプ・センターの仕事の値打ちを認めているというわたしの気持ちをこうして伝える義務があると思ったんだ。どこを削減するかは、きみにまかせるが、できれば、逆戻りしてほしい。オプ・センターの本来の様態に戻してくれないか」

「本来の様態では、軍事部門がありましたよ」フッドは指摘した。「それはすでに切り捨てられました」

「ああ、その後、その予算はロジャーズ少将の現場要員に、あらためてわりふられた」ダベンポートはいった。「その分野を運用からはずすべきではないかと、われわれは考えている。他の情報機関の内部組織変更を仔細《しさい》に調べたんだが、その分野は、ＣＩＡ《ザ・カンパニー》とＦＢＩ《フェド》の守備範囲だ。そっちでは政治担当に兼任させればいい」

「上院議員、ＣＩＡやＦＢＩやＮＳＡ（国家安全保障局）からは、どれほど削減するんですか？」

「ポール、どこも確立した伝統ある――」

「そっちからは削減しないんですね？」フッドはたたみかけた。

ダベンポートが沈黙した。

「上院議員」

「ほんとうに知りたいのならいうが、ポール、少額だが昇給だよ」

「すばらしい」フッドはいった。「委員会へのロビー活動にさぞかし時間をかけたんでしょうね」

「例によってパワーポイントを使うプレゼンテーションはやったが、増額の理由はそういうことじゃない。連中は国土安全保障省の任務が決定されるやいなや横取りしている。予算請求の書類もこっちで書きますよ、といって」

「専門用語が多いから、というわけですね。インドとパキスタンの核戦争を阻止するのに集中していなかったら、こっちもそういう動きに適応できたかもしれませんが」

「たしかに。それに、正直いって、きみらがそれに成功したことも問題になっている。きみたちは作戦の大部分を国内から海外に移している――」

「大統領の要請に応じたんです」フッドは指摘した。「ロシアでの極左軍部クーデターをわれわれが阻止したあとで、国内中心だったオプ・センターの目標を強化するようにと」

「過去のいきさつは知っている」ダベンポートがいった。「未来もわかっている。モスクワがもっと赤くなるかどうか、東京に核ミサイルが落ちるかどうか、スペインが分裂するかどうか、フランスが過激派に乗っ取られるかどうかなどということに、有権者は関心を持たない。いまはそういう時代じゃないんだ。外国を援《たす》けるための資源は、一律に切り詰められている」

「上院議員の票田は関心がないかもしれませんが、外国でそういったことが起きた場合、アメリカ国内にどういう影響があるかは、おたがいに承知しているはずですよ」

「そのとおりだ。だからこそ、大統領がきみたちにあたえた使命は、変えようとしていない」

「ただ予算を削るだけ。これまでもぎりぎりの予算だったのに、その八〇パーセントでおなじことをやらなければならない」

「アメリカの一般庶民の家庭は、もっと厳しい節約を迫られているよ」ダベンポートはいった。「上院議員として、わたしは庶民の苦しみを楽にする責任がある」

「上院議員の立場はよくわかっていますが、これは不公平ですよ」フッドはいい返した。「わたしはウォール街で働いたこともあります。経費削減もやりました。今回、予算を増やしてもらう組織などよりもずっと厳しくね。憲章に基づいて、ＣＩＯＣの質疑すべての記録を書面でいただきたいのですが――」

「むろん渡す。しかし、おたがいに時間の無駄だ。満場一致で決まったことだから」

「わかりました。それでは、ひとつおききしたいのですが、CIOCには、わたしの辞任を引き出そうという狙《ねら》いがあるのですか？」

「滅相もない」ダベンポートはいった。「わたしはパスできるときに走ったりはしない。きみが長居しすぎたと委員会が思っているようなら、きちんとそういう」

「ありがとうございます」フッドはいった。「大統領との話し合いはあったのですか」

「これからだ。まずきみに話しておきたかった」ダベンポートはいった。「しかし、大統領の気持ちがどうあれ、これについての拒否権はない。大統領の党は、委員会の多数派でもないのだから」

「では、決まりですね」

「すまないね、ポール」

フッドは腹を立てていたが、ダベンポートに対する腹立ちではなかった。自分を責めていた。きな臭いのを、もっと前に察していてしかるべきだった。フォックス議員が委員長を辞めたのを、よくなる兆候だと見ていた。ある面ではそうだったのかもしれない。フォックス議員は、オプ・センターの必要性すら理解していなかった。海外での諜報活動にはCIAがあるし、国内の安全はFBIでじゅうぶんに護《まも》れると考えていた。フォックス議員は、アメリカのスパイ能力の大部分をELINT（電子情報［収集］）に変更してしまった勢力に属している。ＥＬＩＮＴの重視は、大きな誤算だった。音声監視やスパイ衛星を補助する地上の工作員がいて、泥煉瓦《れんが》の小屋や地下壕《ちかごう》やアパートメントや車や洞窟《どうくつ》の精確な位置を突き止めないと、「敵対活動の初動」と呼ばれるものは、ほとんど発見できない。ＨＵＭＩＮＴがあってはじめて、局部的な秘密活動を、テロとの戦いに発展させることができる。

とはいえ、オプ・センターがいまの人員を維持できるように、ダベンポートがもっと戦ってくれればよかったのにという思いは消えなかった。

ダベンポートとの電話が終わると、フッドはじっと座って、最後にひらいた電子メールを眺めていた。ＣＩＡの個人安全室連絡課からのメールで、情報機関の託児所が生物兵器攻撃を受けた場合の避難と子供の汚染除去の最新手順を報《しら》せる内容だった。重要な書類ではあるが、省庁間の溝の深さをありありと示している。オプ・センターには託児所などない。

フッドは、電子メールを終了し、予算のファイルをひらいた。オプ・センターのＣＦＯ（最高財務責任者）エド・コラーンに電話をかけて、長官室に来てほしいと頼んだ。コラーンは早く出勤していた。年度の終わりまで六週間あり、それまでは通常どおりの仕事ができるとわかっている。コラーンは、ＣＩＯＣの決定を聞いて、今後の財務態勢を整えたいはずだ。

ここまでの削減は予定していないはずだと、フッドにはわかっていた。

問題は、十ある部門のすべてもしくはほとんどの人員を削るか、それともひとつかふたつの部門をそっくりそのまま廃止するかということだった。数字を見るまでもなく、答えはわかっている。どの部門を廃止すれば二〇パーセント削減できるかもわかっている。片方の廃止には、効率の悪化という代償がある。

もうひとつの廃止には、友人を失うという代償がある。

4

月曜日　午前八時二十分
ワシントンＤＣ

　ドン・オーは、少年のころ、六月二十二日が待ち遠しくてしかたがなかった。生徒が二十二人いるミス・クラリオンの学校が、その日から夏休みになる。学校が嫌いなわけではなかった。むしろ好きだった。新しいことを学ぶのは楽しかった。ただ、夏休みの最初の日は特別だった。夜明けに起きる。オリーヴグリーンの野球帽を目深《まぶか》にかぶり、父親の水筒に水を入れて、ちっちゃな肩から吊《つ》るす。ピーナツバターとゼリーのサンドイッチを三つか四つこしらえて、オートミールのクッキーひと箱やコンパスと一緒にナップザックに入れる。物置からスコップを出す。ガラガラへビに出くわしたときに、首をちょん切るためだ。スコップを預言者の杖《つえ》みたいに持って、テキサス州キングズヴィルにある一家の牛牧場から出発する。風のない暑い平原に出ると、一年間に習ったことを、いっさいがっさい思い出す。一日そうやってひとりでいると、だいじなことを頭に焼き付けるのにぐあいがいい。聖書の授業で、イエス・キリストがそうやったことを知った。その前にはモーセがおなじことをやっている。荒野を歩くと、強く優れた男になれるという気がした。

その考えは正しかった。ドン・オーは、それを八歳のときから十年つづけた。そのときは気づかず、何年もたってから知ったのだが、最初の二年は、父親が牧童にあとを跟《つ》けさせていた。一九六七年にオーが十八歳になり、空軍に入隊したところで、そのならわしは終わった。歩くことと車を走らせるのがどんなふうかは知っていた。つぎは飛びたかった。だが、空軍には空軍の存念があった。オーに、牧場とおなじように両手を使って働く仕事をあたえた。ちょうど二年前に、赤い馬《レッド・ホース》部隊と呼ばれる、迅速展開重整備施設建設飛行隊が編成されたところだった。これが第五五五〝トリプル・ニックル（五セント玉三つ）〟飛行隊と、第五五四〝ペニー・ショート（五五五に一セント足りない）〟飛行隊の二個に分かれていた。オーはそこに配属された。ニューメキシコ州のキャノン空軍基地で九週間勤務したあと、オーは第五五四飛行隊とともにヴェトナムのファンラン航空基地に派遣された。牧場で培った技術を活《い》かし、そこではもっぱら飲料水を得るための井戸を掘った。

オーの一度目の出征はヴェトナムだったが、二度目はタイに派遣された。戦闘に参加できないのが無念だった。戦争は、馬を調教し、牛の群れを追い、灼《や》けるような夏の荒野を目指すのとおなじような荒々しいやりがいのある仕事で、男の頭と筋肉と心に、さまざまな物事が焼き付けられる。オーが上院議員になってから、リンク提督のような戦闘経験者と馬が合うのには、そういう理由もあった。リスクを負うことが、ふたりのシステムには組み込まれている。

六カ月前にアメリカ合衆国第一党（ＵＳＦ）を結成したのは、リスクを負う気持ちからではなく、正義感ゆえだった。二大政党は、発展途上国のようになっている。主義主張を唱える軍閥の雑多な集まりで、共通する点はただひとつ――もうひとつの政党への嫌悪《けんお》だけだ。原動力となる唯一《ゆいいつ》無二の理念など、どこにもない。これには失望した。オーの思想はしごく単純だ。アメリカ合衆国は、オー牧場のようなありかたにならなければならない。たしかな展望をそなえた男たちが率いる強大な大牧場になる。わずかなちがいのために政争をくりひろげてエネルギーを消費するような政党に、国の運営を任せるべきではない。国際社会のコンセンサスや、材木や鉄鋼や原油のような商品をかたにとってアメリカをゆする専制君主のために、国の成長が左右されるようなことがあってはならない。ＵＳＦが、そういう流れをもたらす。オーには影響力と決断力と信用にくわえ、これまでの第三政党の指導者にはなかったアメリカの血統がそなわっていた。この結党で、オーも報われる。たしかに議会での影響力は大きいが、支配しているわけではない。優秀な男たちとの結びつきはあっても、その中心にはなっていない。

それがこれから変わる。

オーは、ラッセル上院議員会館にある自分の事務所に着いた。一九〇八年に完成したボザール風建築様式のビルは、議会から北へ数分歩いたところにあり、コンスティチューション・アヴェニュー、一番ストリート、デラウェア・アヴェニュー、Cストリートに囲まれている。オーの事務所は、壮麗な円形大広間の近くにあり、議事堂ドームの感動的な光景が見える。ユニオン駅とも二ブロックしか離れていない。

「駅に近いと、出口戦略がやりやすくてね」口の悪いオー上院議員は、レポーターたちによくそういう。オーがはじめてワシントン入りしたとき、《ダラス・モーニング・ニューズ》が帰郷するためのバスの切符を贈った。オーが十九世紀のマニフェスト・デスティニー思想を、数多い異質の成分から成り立っている二十一世紀の世界で実践しようとしているのではないかと怖《おそ》れたからだ。それは思いちがいだった。オーは、人種のるつぼというアメリカのありかたに反対しているわけではなかった。ただ、過激派やけちな暴君ではなく、アメリカがそのるつぼの火を管理するようにしたかっただけだ。アメリカ国民もそれを望んでいる、とオーは信じていた。暖かな春の日には、時間が作れれば、子供のころのようにオーはしばらく歩く。ユニオン駅まで足早に歩いたり、ただぶらついたりして、有権者の声に耳を傾ける。それから、ペットボトルの水を買い、有権者の意見を頭に収めながら、歩いて戻る。そうした意見は、選挙区からの手紙や電子メールとおなじだった。アメリカ国民は、グローバリゼーションを受け入れているが、フエアな世界も望んでいる。アメリカは、外国の車や鉄鋼や石油や電子製品を買い、そういった国を裕福にした。ただで軍事力を提供して保護してきた。そのお返しに、そういった国は国内のメーカーに税制上の優遇策をあたえ、アメリカの商品には高い関税をかけている。オーの一族ですら、打撃をこうむっていた。オーストラリア、カナダ、ブラジルの牧場経営者は、アメリカの労働者よりもはるかに安い賃金で従業員を雇う。牛の健康のためにいい高価な飼料ではなく、安上がりな牧草を食わせることも多い。そうした市場でビジネスを行なうのが、いよいよ難しくなっている。オーはそれを変えるつもりだった。海外市場にアメリカとおなじ条件で参入できるよう求め、輸入関税も同等にすべきだと主張していた。それがだめなら、こっちもドアを閉ざす。世界情勢をなめていると批判する向きもあったが、アメリカという市場――とアメリカの保護――を失えば、王も首相も大統領も族長もこの世にいづらくなるはずだと、オーは考えていた。

昨夜は、オピニオンリーダーや仲間の政治家や財界人と、晩《おそ》くまで話をしていた。ほとんどが友人であり、味方だった。そうでないものも何人かいた。保護主義的な活動をオーやその仲間がどう受け止めているかを知ってもらうために招いたのだ。

そういったアウトサイダーのひとりが、ウィリアム・ウィルソンだった。

オーは、ウィルソンが死んだことを、キャットから知らされた。朝の混雑した道路を運転手付きの車で走っているときに、ケンドラ・ピーターソンに電話して、そのことを話し合った。昨夜のウィルソンの死について、世界中からコメントを求める電話がかかってくるはずだ。ケンドラはすでに出勤していて、レポーターからの電話に対応するのを手伝っていた。ウィルソンのマスターロックは天才的な発明であり、亡《な》くなったのが惜しまれる、というのがコメントの骨子だった。オー上院議員のコメントは、のちほど発表します、とケンドラは電話をかけてくる相手ごとに請け合っていた。

オーが事務所に行くと、話を聞きたがっているのは、マスコミばかりではないとわかった。ワシントン市警のロバート・ハウエル刑事が、九時前に電話をしてきた。オーは、いかなる組織に属していようとも、法執行官には敬意を払う。さっそく電話に出た。ハウエル刑事の声音からは緊張がうかがえた。

「上院議員、ウィルソンさんは、昨夜、お宅でひらかれたパーティに出席していたそうですね」ハウエルがいった。「ウィルソンさんがなにをしていたか、だれと話をしていたかといったことが、おわかりでしょうか？」

「パーティの客は二百人もいたんですよ、刑事さん」オーはいった。「いろいろな客と話をしているのは見ましたが、とりたてて注意して見たわけではない。十時半ごろに、ひとりでお帰りになったようだった」

「帰ったのがわかったんですね？」

「お礼をいいに来られたので。イギリス人は、テキサス人とおなじで礼儀正しい。時間の節約のために、こちらから申しあげるが、ウィルソンさんがほかの客とどんな話をしたのかは知らないし、酒を飲んでいたのか、なにを食べたのか、ということも見ていません。それは毒物分析でもわかるのでしょうね」

「ええ、わかります。ウィルソンさんがパーティのあとで、だれかと会う約束をしていたかどうか、ご存じですか？」

「知りません」オーは答えた。「新聞記事によれば、女性をスイートでもてなして、夜中に心臓発作で亡くなったそうですね。そうではないと疑うような理由があるんですか？」

「いまのところはなにも」ハウエルが答えた。

「それを聞いて安心しました」オーはいった。自分の名前がスキャンダルと結び付けられるのはごめんだった。

「ただ、仮にそのときにだれかがいっしょにいて、救急車を呼ぶなどの措置をしなかったとすると——女性が既婚者で、明るみになるのを怖れたというような理由があったにせよ——非故意殺の疑いが持たれることになります」

「なるほど。ホテルの監視カメラの映像はあるのでしょう？」

「ありますが、その女性は念入りに顔を隠していたので」

「そうなると、警察としては、よけい怪しむ」

「たしかに関心を持ちます」ハウエルは認めた。「上院議員、厚かましいとは思いますが、パーティの来客リストをお借りできないでしょうか」

「来客が警察やマスコミに嗅ぎまわられることになるようでは、協力できませんな」オーはきっぱりといった。

「昨夜、ウィルソンさんといっしょにいた女性が何者なのかを知りたいだけです。それ以外の質問はいたしません」

「そういうことなら、上級アシスタントのケンドラ・ピーターソンに、リストを用意させます」

「ほんとうに助かります」

「ほかにご用は？」

「いまのところはございません」ハウエルはいった。「ご協力に感謝いたします」

「どういたしまして、刑事さん」

オーは電話を切り、貴重なテキサスのポプラでできたデスクに向かって座った。テキサス共和国大統領から州知事になった偉人サム・ヒューストンが上院議員だったころに使ったのとおなじデスクだ。オーの予想どおり、ハウエル刑事とのやりとりは、率直で丁重だった。ワシントン市警は、その点、そつがない。バレエのプラスティークの姿勢みたいに、政治家が名誉毀損《きそん》の真意説明条項を自由自在に曲げられることを承知しているからだ。だから、捜査には格別の注意が払われる。ウィリアム・ウィルソンの死がマスコミに取りあげられて、よけいなほうに注意が向くのは、なんとか避けられるかもしれない、と思った。オーには計画があり、アメリカのためのたしかな展望がある。それが発表されるだろうということを、ワシントンではだれもが知っている。アメリカの政界で新勢力を確立するために、オーは数カ月前から資金を募り、人材を集めてきた。二日後には、だれもが予想していたことを認める。第三政党の党首として、本腰を入れて大統領選挙に打って出る。キングズヴィルでは午前六時にあたる翌日の朝に、記者会見で発表する手はずになっていた。上院議員に立候補すると発表したのもその時刻で、テキサスの大きな太陽を背負っていた。記者会見では、その週にサンディエゴでひらかれるＵＳＦの最初の党大会に参加するよう、全アメリカ国民に呼びかける。そこで党の綱領を明確に示し、大統領と副大統領候補の名を明らかにする。他の第三政党の党首が犯したあやまちはくりかえすまいと決意していた。これは自己宣伝や復讐《ふくしゅう》ではないし、ごく一部の過激派に訴えかけているのでもない。ＵＳＦは、党派の要求よりもアメリカの権益を優先することを願う人々のために登場するのだ。

オーは、窓から議事堂を眺めた。よく晴れた日で、八八メートルの高さのドームが、雲ひとつない空を背景に白く輝いていた。それを見ると、オーはいまだに自分など小さい存在だと思う。建国の父たちやフィラデルフィアでの大陸会議からつづいているアメリカ指導者たちの長い鎖のごく一部でしかないのだ、と。議事堂のドームは聖像のようなもので、それを毎日見るたびに、自分がワシントンにきた理由を思い出す。選挙民に果敢に尽くさなければならない。自分の力と心と判断で憲法を支える。それに成功したら、この地で国に尽くす。失敗したら、牧場経営の仕事に戻る。

どちらに転んでも、ドン・オーは勝利を収める。

どちらに転んでも、アメリカ人であることに変わりはない。

5

月曜日 午前八時二十四分
ワシントンDC

郵便集配人が郵便集配人ではないのはいつなのか? エド・マーチは、その答を知るために、先刻、旧友のダレル・マキャスキーに質問した。

ふたりはマイアミ大学でルームメイトだった。マキャスキーはFBIに勧誘されて就職し、マーチは乞《こ》われて郵政公社の警察官(郵政監察局の監察官)になった。マーチは十年間、児童ポルノを担当していたが、やがてインターネットの普及によって、郵便が使われなくなった。それで、国土安全保障省に出向して、いまはほとんどABC(外国人身許《みもと》調査)に携わり、テロ活動を支援している国に頻繁に荷物を送る人物の調査を行なっている。現在マーチは、このABCシステムを回避するために、特定の郵便ポストに投函《とうかん》された荷物を回収してじかに海外向け郵袋《ゆうたい》に入れるという手口で、容疑者に協力している郵便集配人を監視しているところだった。その荷物には、電子メールで送れない、盗んだ書類、現金、コンピュータの部品などが収められていると見られていた。

いまのところ、容疑者のほうには手をつけたくない。集配人だけを捕らえ、荷物が送られる前に集配車を差し押さえるつもりだった。マレーシアのタハン山にテロリストのアジトがあることがわかっているが、荷物の宛名《あてな》がその住所だった場合には、今後の荷物は海外に送らずにCIAに引き渡すようにと、集配人を説得する。

マーチには、一ブロックはなれたところに、覆面パトカーに乗ったバックアップがいたが、郵便ポストと集配人を見張っているあいだ、自分が見張られているかどうかをたしかめるために、マキャスキーの手伝いが必要だった。もうここで何日も張り込みをつづけ、つぎの〝投函〟を待っている。スパイやテロリストは、往々にして見張りを配置する。自分たちが雇った現地の人間をあっさりと信用することはない。そうした人間は、ダブルスパイになることが多い。とくにやっていることがばれた場合には。

マーチは、小さな白い屋台でペナントを売る露天商をよそおい、コンスティチューション・アヴェニューの角に立っていた。郵便ポストは爆弾を仕掛けやすいので、郵政公社がほとんどを撤去し、これはワシントンDCでごく少数残っているうちのひとつだった。容疑者はアーリントン側からポトマック川を渡ってきて、マサチューセッツ・アヴェニューのマレーシア大使館に出勤する途中で投函すると、郵政監察局では見ていた。大使館職員の自宅への道すじをたどり、だれがここを通るかを調べて、それが確認された。ターゲットと目される人間は、ふたりいた。

四十分前に、そのうちのひとりが郵便物を投函した。

マキャスキーは、リンカーン記念館寄りの小さなベンチで胡坐《あぐら》をかいている。早くから表に出ている観光客やジョガーが、いろいろな方角から来ては通り過ぎる。マキャスキーは、おなじ人間が二度通らないかどうか、目を光らせていた。何度も通るのは、郵便ポストを見張り、敵の偵察がいないかどうかを調べている証拠だ。双眼鏡のレンズが光らないか、郵便ポストが見渡せる場所に陣取っている人間がいないかどうか、ということにも気をつけていた。

マキャスキーの手には、究極の監視支援装置である携帯電話が握られていた。電話をかけているときは耳に神経がいくから、自分たちの姿は目に留まらないだろうと、通りかかる人間は思う。だから掏摸《すり》も、携帯電話で話をしている人間を狙《ねら》う。マキャスキーは、妻のマリアと話をしているふうをよそおっていたが、なにひとつ見逃していなかった。インターポールで潜入捜査を専門としていたマリアは、じつのところマキャスキーとならんで座っていた。ふたりにとっては、まことに皮肉な成り行きだった。マキャスキーはいつも、マリアは諜報《ちようほう》活動と結婚しているようなものだから、結婚生活に割く時間はないと思っていた。マキャスキーの最初の結婚は、そのために壊れたのだ。同僚のFBI捜査官ボニー・エドワーズと結婚し、三人の子供をもうけた。ボニーは退職して母親専業になり、マキャスキーは収入が減ったのを補うために、昇進してダラスの部隊長に任命するという人事案を呑《の》んだ。ひきつづいて昇進し、ワシントンＤＣに転勤した。マキャスキーにとっては結構なことだったが、家族にとってはそうではなかった。結局、八年の結婚生活の末に、マキャスキーは離婚に同意した。学校が休みのときに子供たちは会いに来たし、マキャスキーも手が空いたときには会いにいった。一家はそのままダラス郊外に住んでいて、ボニーは子供が三人いる石油会社の重役と再婚した。『ゆかいなブレディー家』みたいな生活を、ボニーは楽しんでいるようだ。

マリアの生まれ故郷のスペインで出会ったころに、マキャスキーとマリアのあいだでは、仕事をめぐる争いがあった。その後、マキャスキーが任務でスペインに行ったときに、マリアと再会した。マリアは仕事をあきらめて、ワシントンＤＣに来ることに同意した。

そしていま、黒髪の美しい妻が、こうしてマキャスキーの張り込みを手伝っている。朝起きたときのマリアは、笑いがとまらないという顔をしていた。いまは役になりきって、リンカーン記念館をスケッチしている絵描きのふりをしているが、おもしろがっている表情は消えていない。

「ハニー、こんなふうに電話でしゃべってるふりをするなんて、ぜんぜんおれの柄じゃないんだよ」つながっていない電話に向けて、マキャスキーはしゃべっていた。「つぎは、しゃべるのをやめて、相手の話を聞くふりだ」間を置いて、耳を傾けるふうをよそおった。「それからお愛想笑いときた」くすくす笑った。「撃ち合いのほうがずっとましだ」

「そうなるかもしれないわよ」マリアが、口の端っこだけでいった。「三時の方向。ベビーカーとベビーシッター」

通りかかった若い女に、マキャスキーがちらりと視線を向けた。アジア系らしい顔立ちで、ジョージタウン大学のスウェットシャツにジーンズという服装だった。フードをおろしたチャコール色のマクラーレン製ベビーカーを、ぼんやりと揺すっている。

「ちがうだろう」マキャスキーはいった。

「ダレル、赤ちゃんがいないのよ」マリアが、木箱にアイボリーのパステルを戻した。

「知ってる」電話でしゃべっているふりをしながら、マキャスキーは答えた。「ベビーカーにはショッピングバッグが乗ってる。あれが持ち物ぜんぶなんだろう。〈アディダス〉の紐《ひも》を見て。切れて、結び目ができている。横には穴があいてる。ベビーカーの把《と》手《て》の柔らかいところが磨《す》り減ってる。捨ててあったのを拾ったんだ。あれはホームレスだよ」

「そう見せかけているのかもしれない」影を描くために、マリアは濃紺のパステルを選んだ。

「そうとも考えられる」マキャスキーはうなずいた。小《こ》径《みち》の向こうの芝生に目を向けた。

「ノート・パソコンを持って座り込んでいるあの男のほうが気になる」

「ウィンドブレーカーを着ているひと？」

「そうだ」

「どうして？」マリアはきいた。「郵便ポストには背中を向けているのに」

「ウェブカメラはそっちを向いてるだろ。テレビ会議をやっているのかもしれないが、もしかするとポストを監視しているのかもしれない」

そのとき、郵便集配人が、小さな集配車をポストに寄せてとめた。ひょろりと痩《や》せたブロンドの若者が、プラスティックの白い容器を持っており立ち、ポストのところへ行った。マキャスキーはなおも電話の演技をつづけ、マーチは屋台を集配車の近くに寄せた。集配人に気がついたようすはなかった。しゃがんで、ベルトの鍵《かぎ》を使い、ポストの前面の扉をあけると、中身をプラスティック容器にすくい入れた。なにかを探しているように見えた。それが見つかると、あとの郵便物もすばやく回収して、扉を閉めた。明らかに、マーチにはそれでじゅうぶんだったようだ。屋台を離れると、集配人の前に立ちふさがった。マーチがバッジを見せるのが、マキャスキーのところから見えたが、なにをいったかは聞こえなかった。集配人の信じられないという顔が、怒りの表情に変わり、首をふった。マーチはなおもいいつのり、携帯電話を出してかけた。バックアップを呼んでいるのだ。

集配人が、容器を持ったまま、集配車に向かおうとした。マーチがその腕をつかんで、何事かをいった。

「おい、だれか警察を呼んでくれ！」集配人が叫んだ。

ノート・パソコンの男がふりむいた。ホームレスの女もそっちを見た。ふたりとも立ちあがろうとしている。

「ふたりとも仲間なのかしら？」マリアがいった。

「わからん」マキャスキーは答えた。「ここにいてくれ」立ちあがって、ふたりのほうに歩いていった。電話は手に持ったままだ。

ノート・パソコンの男は、蓋《ふた》を閉めてショルダーバッグにしまい、集配車に向かって歩いていた。女はすばやくベビーカーをマーチの方角に進めている。あとの連中は足をとめて、遠くから見守っていた。

集配人が、腕をふりほどこうとした。思い切り引いたために、勢いあまって、集配人と容器がいっしょにひっくりかえった。道に散らばった郵便物のほうへ、ベビーカーの女が駆け出した。マキャスキーもそっちへ急いだ。先に着き、しゃがんで郵便物をかき集めた。ほとんどが絵葉書で、封書はわずかだった。大き目の封筒か、東南アジアや中東の住所の小包を探した。クアラルンプールの住所が書かれた厚い茶封筒が見つかった。マキャスキーは、それが目当てだったことがわからないように、他の手紙を重ねた。マリアがそばにしゃがんで、ホームレスの女をじっと見ていた。

集配人があわてて近寄ってきた。「ありがとう。渡してください」といって、手紙に手をのばした。

「これをもらうよ」マーチが集配人のほうに身をかがめて、キイリングを分厚い手でつかんだ。小さなラッチを押してベルトからはずす。集配車のキイも、そのリングにあった。

マキャスキーは、郵便物を渡した。立ちあがり、集配人が容器に戻すのを見ていた。と、ホームレスの女が、あとの郵便物を拾いにかかった。四つんばいになって、拾うのを手伝った。集配人が受け取ろうとすると、女がうなり声をあげて容器を叩《たた》き、ひっくりかえした。マレーシアの宛名の封書が飛び出して、道に落ちた。女があたふたとそれを取りにいった。集配人は追おうとしない。

マキャスキーは追った。

「待て!」叫んで追いかけた。

ノート・パソコンの男が、すぐ近くにいた。逃げようとする女の前に立ちはだかった。マーチは見ていなかった。手をふってブルーのセダンを呼び寄せるのに気をとられていた。ちょっと揉《も》み合いになったが、ノート・パソコンの男が封書を取り戻した。マキャスキーがそこへ行ったときには、女は走って遠ざかっていた。

ふたつに折った大きな封筒を、男が持っていた。「取り戻したよ」と、集配人にいった。

「どうも、わたしがもらいます」マーチがそういって近づいた。

「役に立ってよかった」ノート・パソコンの男がいい、踵《きびす》を返して離れていった。

マキャスキーは、嫌な予感がした。いくつかの封書をマーチが調べるあいだ、不安にかられながら待った。マレーシアの封書をマーチが抜いた。マキャスキーに見えるようにかざした。封が切られている。

「くそ」マキャスキーは毒づいた。

集配人のほうは、もうだいじょうぶだった。私服警官が取り押さえ、覆面パトカーに連れていくところだった。つぎはノート・パソコンの男とホームレスの女を捕らえなければならない。

マキャスキーとマーチは目配せを交わした。マーチは、ノート・パソコンの男を追った。集配人をセダンに乗せると、私服警官ひとりがつづいた。マキャスキーは、リンカーン記念館に向けてひろがっている緑地に目を向けた。ホームレスの女は、芝生のきわでベビーカーに手を突っ込んでいる。封筒の中身を隠しているのだとしたら、厄介なことになった。持ち物を調べる権利はない。武器を隠しているとしたら、もっと厄介なことになる。ここには人質にできる人間がいくらでもいる。

元FBI捜査官のマキャスキーは、足早に女に近づいた。携帯電話を持ったまま、話に熱中しているふりをしてそばを通った。わざとベビーカーをひっくりかえし、中身が芝生に散らばった。

「おっと、すみません!」マキャスキーは携帯電話をポケットにしまい、しゃがんで女の持ち物を拾い集めるふりをした。服や水のペットボトルに混じって、いくつもの国籍の旅券があった。

「あっち行ってよ!」女が叫んで、マキャスキーを突きのけた。

マキャスキーが、相手の要求に従う必要はなくなった。これだけ怪しい物があるのだ。窃盗もしくは旅券偽造の証拠となるものを取るために動いた。

女が怒りの声を発し、腕につけていた鞘《さや》から、二刀身のナイフを抜いた。革の柄がまんなかにあり、刀身はいずれも鋸刃《のこぎりば》になっている。マキャスキーがあとずさると、女は脚をひらき、ナイフを左右にふりながら近づいた。ホームレスの女のでたらめな動きではなく、訓練を受けた戦士の注意を集中した攻撃だった。

マキャスキーは、拳銃《けんじゅう》を持っていなかった。オプ・センターでは、銃器を支給されるのは現場工作員だけだし、泥棒よけに家に置いてあるショットガンは、こういうときには使えない。女が右から左に、そして左から右にと、腰の高さで恐ろしい斬撃《ざんげき》を放っているのを、マキャスキーは見守っていた。ナイフを持った相手に近づいて腕をきめるには、もっと間合いを詰めなければならない。片手で相手の肘《ひじ》をくるみ、手首の内側をもういっぽうの手で強く押すという逆技だ。手首を打てば、前腕がしびれて、ナイフを取り落とすだろう。刺されずにそれをやるのは、非常に難しい。

マキャスキーは、空気を切り裂くナイフとおなじ高さに両手を構えた。まばたきはしない。それも訓練の賜物だった。相手がまばたきするのを待ち、その隙《すき》に――。

パステルの木箱で頭の横を殴られた女が、不意に左に吹っ飛んだ。膝《ひざ》を突き、ナイフを落とした。マリアは、木箱の把手をなおもしっかりと握っていた。もう一度ふりかぶり、真鍮《しんちゆう》の蝶番《ちようつがい》が女の後頭部に食い込むほど叩きつけた。女は芝生に前のめりに倒れ、顔から地面にぶつかった。

「合気道は道場ではいいけど、現場ではどうかなって、前から思っていたのよ」マリアはいった。

「みんなが戦闘にすぐ使える絵の具箱を持っているとはかぎらないぜ」マキャスキーは負け惜しみをいった。

ホームレスの女の目は閉じていた。マキャスキーは人差し指を女の鼻の下に差し出し、息をしていることをたしかめた。それから、ナイフや旅券を拾い、手をふって観光客たちを追い払った。リンカーン記念館の警備員が走ってきた。

マリアは、散らばった絵描き道具を拾った。「手紙を拾ったときに、敵だとわかったのよ」

「どうして？」

「ホームレスは、アプリコットの香りのシャンプーなんか使わないもの。だから、エドじゃなくてあなたたちのほうを見ていたの」

「助かったよ、ハニー」マキャスキーは道路のほうをふりかえった。ノート・パソコンを持った男を、私服警官がセダンに乗せている。男は大声で文句をいっていた。マーチが芝生のほうへ歩いてきた。そばに来たマーチに、マキャスキーはナイフと旅券を渡した。マーチが通信指令係に連絡し、女の手当をする救急救命士をよこすよう指示した。

「すばらしい活躍ですね」マーチはいった。「おふたりに感謝します」

「手伝えてよかった。あいつについては、なにをつかんだんだ？」マキャスキーは、ノート・パソコンの男のほうに顎《あご》をしゃくった。

「とまれといったときに、とまらなかった」マーチがいった。

「それが犯罪？」マリアはきいた。

「いや。なにかを隠している感じがする。コンピュータを調べたいんです」

「感じだけでコンピュータのファイルを調べることが許されるの？」

「ちがいますよ」マーチは答えた。「米国愛国者法第二一七条に基づいて、コンピュータを調べることが許されます。これは、不正アクセス者による通信の傍受を認めたもののです――国の記念物の近くでウェブカメラを使い、連邦捜査官を監視していた可能性があるのは、犯罪です。捜査に裁判所の令状は必要ない」

「きみらが連邦捜査官だというのを知らなかった可能性がある」マキャスキーは指摘した。

「かもしれない」マーチはいった。「しかし、疑う合理的な理由があります。大使館員の投函《とうかん》した封書を手にしたし、とまれといったのを何度も無視した。なんの罪も犯していないのなら、ちょっと手間をとられるだけのことですむし、われわれは謝ります。なにか罪を犯しているのだとしたら、われわれは人の命を救うことになるかもしれない」

記念館の警備員がそばに来たとき、マキャスキーは渋い顔をしていた。マーチが警備員にバッジを見せて、女の見張りを頼み、救急車がまもなく到着するはずだと説明した。

「さあ、この坊やを寝かしつけないと」マーチが、ベビーカーにあった証拠類のことをほのめかした。マキャスキーとマリアと握手をした。「ほんとうにお礼のいいようもない。なにか必要なことがあったら、いつでもいってください」

「そうする」マキャスキーはいった。

マーチのやりかたについて、もうすこし意見をいいたい気持ちがあったが、マキャスキーはそれをこらえた。エド・マーチのいうとおりだ。それに、法律に則《のっと》っている。ノート・パソコンの男はこれにからんでいる、とも感じた。あくまで感じだが、法執行官はそれだけで動かなければならないこともある。

マキャスキーは、車をCストリートにとめていた。マリアと歩いてそこへ行った。マリアは怖い顔をして、まるでフランコ時代のスペインみたいだと、ぶつぶつ文句をいった。

「総統《エル・カウディーリョ》が捕らえさせたひとたちがみんな有罪なら、スペインは重罪犯ばかりの国よ」

「事情がちがう」マキャスキーはいった。「フランコは暴君だった。エドは優秀な警察官で、アメリカ人の命を救おうとしているだけだ」

「優秀な警察官は、そうやって暴君になるのよ」

「そうとはかぎらない」マキャスキーはそういったが、確信はなく、そうであればいいと思っていた。

アメリカの法制度は完全ではないが、オプ・センターに向けて車を走らせるあいだ、クォンテコーのFBIアカデミーで受けた社会奉仕理論の授業で黒板に書かれた標語に救いを求めた。「自由という荒海に、波の絶えることはない」というジェファーソンのその言葉は、勇気を奮い起こしてくれる。

6

月曜日　午前九時二分
ワシントンDC

マイク・ロジャーズがオプ・センターの駐車場に車を入れたのは、ダレル・マキャスキーが到着した直後だった。ふたりの駐車スペースは隣り合っていて、ロジャーズがおりるまでマキャスキーは待っていた。スペースは番号がふってあるだけで、名前はない。警備をくぐりぬけた何者かが車に爆弾を仕掛けようとした場合、名前が書いてあると目当ての車がわかってしまうからだ。ロジャーズが車を買わず、半年ごとにリースしているのも、おなじ理由からだった。ストライカーが強襲を行なった外国で、無数の手ごわい敵をこしらえた。ロジャーズに被害妄想の気味はないが、ボブ・ハーバートがかつていったように、ワシントンDCには五百人を超える「ストリート・ポテト」（訳注　本来の意味は、舗道の割れ目にはびこって舗装をだめにする植物のこと）がいて、政府関係者の行き来を観察し、外国政府にその情報を伝えている。そういったデータは、脅迫や暗殺など、あらゆることに利用できる。車を換え、ロジャーズがやっているように通勤ルートを変更するのは、賢明な用心なのだ。当然ながら、ロジャーズは、前にリースしていた車がドライヴウェイで運転者もろとも爆発したとか、ショッピング・モールで狙撃《そげき》されたとかいう記事が載っているのではないかと思いながら、毎朝新聞をひらいている。車の経歴についても調べる。大使館職員や、だれかに狙《ねら》われそうな麻薬の売人が前に乗っていたような車には乗りたくない。

「おたがいに朝寝坊したのかな？」ロジャーズはきいた。

「そうじゃない」マキャスキーがいった。「マリアとわたしは、郵政公社の友人のために張り込みをやっていたんだ」

「無用心なスパイが、おなじ郵便ポストを二度以上使ったんだな？」

「そんなところだ。そいつは、検査をまぬがれるために、郵便集配人を抱きこんでいた」マキャスキーが答えた。

アメリカ国民がわれわれを裏切っている、とロジャーズは心のなかでつぶやいた。こういう話を聞くと、文明人としての抑制をかなぐり捨てたくなる。国よりも金のほうがだいじだと思うようなやつを処刑することには、なんの痛痒《つうよう》も感じない。「捕まえたのか？」

マキャスキーがうなずいた。「マリアは、最初からスパイの正体を見破っていた。ほんとうにすばらしい勘だ」

「妬《や》けるか？」ロジャーズはからかった。

「とんでもない。大自慢だ。わたしが目をつけたのは、リンカーン記念館前でウェブカメラを使っていた男だった。そいつは国土安全保障省の偽装捜査官だとわかった。まったく、ここはギャングよりも警官の数が多いよ」

「それでも、しょっぴかないといけない悪者どもは、まだおおぜいいる」本部ビルにはいりながら、ロジャーズはいった。

「そうだな」マキャスキーがいった。「でも、防諜《ぼうちょう》機関が同士討ちするようじゃ、全体的な政策を見直す潮時だ。きみたちがやっているように、海外で活動する要員を訓練し、ETをターゲットにするのに重点を置いたほうがいい」

ETはただの外人《エイリアン》ではなく、輸出されるテロリスト《エクスポーテッド・テロリスト》のことだ。ストライカーが解隊されて、代わりにHUMINT部門が発足すると、外国の作戦がほんとうの脅威になる前に潜入してそれをぶち壊すことが責務になった。

ロジャーズも同感だった。ただ、インテリジェンス・コミュニティはこの数十年、高度化するいっぽうのELINT（電子情報［収集］）に、ずっと頼ってきた。そこでは、電話や電子メールの傍受、スパイ衛星、無人機といった手段が中心になる。HUMINTは危険が大きいし、信頼できないと、否定されてきた。まっとうな手口で勧誘できない外国人は、脅迫して協力させるしかない。それには費用も時間もかかるし、大規模な支援体制が必要とされる。それでいて、そうした現地の人間は、かならず信用できるとはいい切れない。HUMINT作戦の準備には、時間と創意工夫も必要とされる。そうこうするうちに、アメリカの諜報活動は、旧ソ連が第二次世界大戦中に祖国を護《まも》ったときのやりかたに似通った態勢になってきた。あらゆる諜報機関をその問題に取り組ませれば、問題を食い止められるのではないか、という考えかたが根底にある。

エレベーターをおりたふたりは、楕円形《だえんけい》の廊下を、それぞれの方向へ進んでいった。ロジャーズの副長官室は、幹部区画にあり、フッドの長官室と隣り合っている。そちら側には、ほかに法律顧問ローウェル・コフィーの執務室があるだけだ。マキャスキー、ボブ・ハーバート情報官、コンピュータの権威マット・ストール技術官、主任心理学者リズ・ゴードン、ロン・プラマー政治問題渉外担当官の執務室は、作戦部門の廊下にある。ほんとうの仕事はそこで行なわれているというのが、ハーバートの見かただった。

長官室の前をロジャーズが通りかかると、ベネットがちょっとよろしいですかとたずねた。

「ああ」ロジャーズはきいた。「どうした？」

「長官が話があるそうです」ベネットが答えた。

「わかった。時間は？」ロジャーズがきいたのは、長官室のドアが閉まっているからだった。そこはめったに閉まっていることがない。

「出勤したらすぐにといっていました」

「ありがとう」ロジャーズは、ベネットの小部屋を過ぎて、長官室のドアをノックした。

「どうぞ」フッドが答えた。

ロジャーズは、はいっていった。

「おはよう」フッドがいった。

「おはようございます」

フッドがデスクの向こうで立ち、壁ぎわに置かれた革のソファ一対のほうを示した。

ロジャーズはそこへ行って腰をおろした。フッドがドアを閉めて、ロジャーズの向かいに座った。奇妙なくらい無表情だった。フッドは外交官のようだが、いつもあけすけで熱意をみなぎらせている。だから相手は信用し、フッドにとって望ましい結果が生まれる。

「コーヒーを飲んでもいいですか？」ロジャーズはきいた。

「ああ、いいとも、マイク」フッドはいった。「うっかりしていた。ちょっと考えごとをしていて」

「見ればわかりますよ」ロジャーズは、三角形の小さなコーナー・テーブルに置かれたコーヒー・メーカーのほうへ行った。「飲みますか？」

「いや、いい。蹄鉄《ていてつ》でも浮かびそうなぐらい飲んだ」

「いったいどうしたんですか？」ロジャーズは、コーヒーを注ぎながらたずねた。

「けさ、ダベンポート議員と話をした」フッドはいった。「大幅な削減をしろといわれた」

「前にやった四パーセント以上の？」

「そんな程度じゃない。その五倍だ」

「そんな馬鹿《ばか》な」ロジャーズはコーヒーを注いだマグカップを持ってソファに戻り、ひと口飲んだ。「ただの節約では無理だ。手足を切れというようなものだ」

「わかっている」

「その数字から、どれくらい妥協させられそうですか？」

「一セントもまけないといっている」

「そんなことはない。なんだって交渉しだいですよ」

「大衆の注目を浴びている政治家は、そうはいかない」フッドはいった。

「その辺はよく知っているんでしょうね」

「そうとも。国民は自分たちは安全だという気持ちになりたい。CIOCとしては、それをできるだけ目立つ形で示したい。そっちに金をまわしたいんだ」

ロジャーズは、この話し合いの成り行きに、胸騒ぎを感じはじめていた。フッドは相談してはいない。ただ事実を述べている。自分の主張を組み立てているかのように。

「情報システムのどこかに、代替できるような部分があれば、削らなければならない」

「わたしの現場部隊ですね」ロジャーズはいった。

「そうだ、マイク」

話がそれで終わりではないことを感じさせる口調だった。

「それに、わたしも？」

「政治部門と副長官のポストを合体させるよういわれた」フッドはきっぱりといった。

「なるほど」ロジャーズは、コーヒーを小さくひと口飲んだ。さらにもうひと口。「わたしの仕事をロン・プラマーが兼任するほうが、その逆よりもずっと適任だ。いつ辞めればいいんですか？」

「マイク、このことでもっと相談したい――」

「相談なら、リズ・ゴードンとしてください。そのためにいるんですから」

「ちがう。きみとわたしで、これを解決しないといけない。わたしたちの友情を終わらせたくない」

感傷がロジャーズの心を揺さぶった。理由はよくわからない。「いや、心配しなくていいですよ。長居しすぎたのかもしれない。陸軍が新しい職務をくれるでしょう。それとも、ほかのことをやるかもしれない」

「情報収集、偵察といった活動の一部を、アウトソーシングしてもいい。危機シミュレーションの事変想定《シナリオ》作成に協力してもらうこともできる」

「ほかの道を歩みたいですね」ロジャーズは答えた。

「わかった。だが、提案は生きているぞ」

「提案ですか。仮定の話みたいでしたが」

「プロジェクトを探してみるという提案だ――」

「窓際族《まどぎわぞく》向けの仕事じゃないですか」

「ちがう」フッドはいった。「異色の技倆《ぎりょう》を持つ情報のプロに頼む仕事だ」

ロジャーズは、コーヒーをごくりと飲んで、立ちあがった。いまはフッドとこれ以上話をしたくなかった。フッドが護ろうとしてくれたことはよくわかっている。辞めると脅したかもしれない。だが、結局、フッドはいまの地位にとどまり、動かしがたい事実をつきつけ、冷たくてきぱきと「友人」と対決する途《みち》を選んだ。「ＣＩＯＣは、わたしをいつ辞めさせたいと思っているんですか？」

「マイク、だれもきみを辞めさせたいとは思っていない。もしそうであれば、ストライカーが正式に解隊されたときに辞めてもらったはずだ」

「いいでしょう」ロジャーズはいった。「職務は削りたいが、人間を削りたくはないということですね。ダウンサイジングに遭うよりは、辞任するほうがましです。すこしは尊厳が保てます」

「たしかに」フッドはいった。

「プラマーがわたしの仕事を引き継ぐのに、どれだけかかりますかね？」

「二週間かな」フッドは見当をいった。

「結構」ロジャーズはそういって、出ていこうとした。

「マイク――」

「だいじょうぶですよ」ロジャーズはいった。「ほんとうに」

「きみといっしょに働くことができたのは、たいへんな栄誉だったといおうとしたんだ」

ロジャーズは足をとめた。やめてほしい、と思った。自分は外交官ではなく兵士だ。ふりむいた。「わたしといっしょに辞めるのは、栄誉ではないんですか」

「それでダベンポートの考えが変わるのなら、そうしていた」フッドはきっぱりといった。

「それは駆け引きでしょう」ロジャーズはいい返した。「戦術でしょう。栄誉のために、肩をならべて立つというのは？」

「わたしにとって、自決は名誉ではなく虚飾だ」フッドはいった。「負けを認める行為だ」

「友人や同僚を護ることをあきらめることになると？」

「今回の場合はそうだ」

「まったく」ロジャーズはいった。「ヴェトナムで長官みたいなやつに掩護《えんご》してもらわなくてよかった。そうしたら、いまごろは石ころの墓標の下ですよ」

「これは戦闘ではないんだ、マイク。政治だ。ひとは言葉と人脈を武器に戦う。命を失うことはない。取り残され、取り替えられ、陣容を立て直す。それが野獣の天性だ。エゴのためにそうするものもいれば、信条のためにそうするものもいる。わたしは、アメリカ合衆国国民に仕えるために、この仕事についた。わたしにとっては神聖な仕事だ。芝居がかった演説をしたいがために放棄するつもりはない。物事を変えられないようなことのために」

「長官は忠誠とはそういうものだと考えているんですか？　芝居がかった演説だと？国連人質事件で長官のお嬢さんを救ったとき、わたしは芝居がかっていましたかね？」

「そういういいかたはフェアではない」フッドはいった。「われわれはずっと、顔も知らないひとびとのために銃火をくぐり抜けてきた。ここで働くと決めたときに、それは了解したはずだ。国とその権益を護るのだ、と」

「お説教は結構」ロジャーズはいった。「わたしは成人してからずっと、国のために尽くしてきたんです」

「わかっている。だからこそ、政府機関に勤務することの意味を悟るべきだ」フッドはいった。「オプ・センターといえども、その点では軍と変わりがない。政治の流れや大衆の気まぐれに左右される。組織の長たるものは、あたえられた資源でやっていくしかない。あるいは削られた資源で」

ロジャーズは首をふった。「ドイツに侵略され、降伏して、敵に協力したヴィシー政権の連中も、そうやったんです」

フッドの表情は、もはや平静ではなくなっていた。顎《あご》にアッパーカットをくらったように、顔をゆがめていた。

「すみません」ロジャーズはいった。「臆病者《おくびょうもの》だという意味ではなかった」

「わかっているよ」

気まずい沈黙が垂れ込めた。フッドは立ちあがった。ロジャーズに近づき、手を差し出した。ロジャーズはそれを握った。フッドの握手は、驚くほど熱情がこもっていた。

「なにか必要なことがあれば、いってくれ」フッドはいった。「それとも、ボブに話してくれてもいい」

「じかに話しますよ」ロジャーズはいった。

「よし」フッドの握手に力がはいった。「マイク、これだけは信じてほしい。ここのためにわたしは家族を失った。きみの友情を失うのなら、それも甘受するしかないだろう。尊敬を失うのなら、それもしかたがない。だが、こういうことをするよりは、辞めるほうがよっぽど楽なんだ。忠誠のことをいったな。わたしはオプ・センターのためを思ってこうした。自分に都合がいいから、楽だから、得だからではない」

「信じますよ、ポール」ロジャーズはいった。「ただ、意見がちがうだけだ」

「いいだろう。だが、もうひとついっておく。CIOCと戦うレジスタンスがあるとすれば、わたしは参加するよ」

「ふたりで戦線を張ってもいい」ロジャーズはいった。「これからひまになるし」

「それはどうかな」

「いずれわかる」ロジャーズは手をひっこめた。フッドの清く正しい言葉に殴りかかることができたら、どんなにかせいせいしたことだろう。理屈はわかるが、それでも賛成できない。友人は友人を死守するもの。それに尽きる。

ロジャーズはそこを出て、自分の副長官室へ行った。いや、もうすぐプラマーの部屋になる。早くも居心地の悪さを感じていた。死んだ兵士のロッカーを片付けている下士官になったようだ。先のことを考えようとした。オー上院議員との会合と、そのあとになにが控えているかを。

すこし無政府主義《アナーキー》的なほうがいい。

そういう気分だった。

7

月曜日　午前九時二十七分
ワシントンDC

フッドが、ロン・プラマーを内線で呼び出そうとしたときに、外線電話が鳴った。発信者のIDを見た。別れた妻のシャロンからだった。いま話をする気分ではなかった。険悪なやりとりになることが多いのだ。ワシントンに移ってからフッドが家庭をかまわなくなったことが、シャロンはいまだに腹立たしい。フッドは、シャロンがオプ・センターでの仕事の支えになってくれなかったことが腹立たしい。だが、そうはいっていられない。子供のことで相談があるのかもしれない。

「おはよう、シャロン」受話器を取ると、フッドはいった。明るい声を出そうとした。

「ねえ、ポール。ちょっといいかしら?」

「いいよ」シャロンの声は、いつになくゆったりしていた。

「お願いがあるの。ジム・ハントに会ったことはあるでしょう」

「ケータリング業者だね」

「ホーム・パーティ出張レストランよ」

ハントとシャロンは長い付き合いだった。シャロンが料理番組を持っていたころからの知り合いだ。ときどきランチをいっしょに食べたことがある。子供たちの話では、いまはよく夜にもいっしょに食事をしているという。

「ご子息のフランクリンが、秋からジョージタウン大学で政治学を勉強するの」シャロンが話をつづけた。「夏のあいだ政治関係の組織で実務研修をすると単位がもらえるの。オプ・センターにやれるような仕事はないかしら？　とっても頭のいい子なのよ、ポール」

　オプ・センターで働く時間が長いといっていつも恨んでいた元の妻が、オプ・センターに恋人の息子の実務研修の口はないかと頼んでいる。それも、オプ・センターの人員削減を命じられたその日に。ハーバートは前に、ＣＩＡはちぐはぐな寄せ集めの塊《コンヴァージェント・インコングリュアティ・アバウンド》の略だと評したことがある。ここもおなじだ。

「ことに関心を持っている分野はあるのかな？」フッドはきいた。べつにどうでもよかったのだが、時間を稼ぐためだった。本気で手を貸すつもりなのか？

「語学と地図の勉強が大好きなの」シャロンがいった。「フランス語がしゃべれるし、日本語も勉強している。それどころか、ハーレーに日本語の文法の初歩を教えているのよ。でも、どんな関係でも働ければうれしいと思う」

「きいてみよう」フッドはいった。オプ・センターは、大物議員に恩を売るときのほかは、めったに実務研修生をとらないが、調べてみるつもりだった。「ただ、断わっておくが、きょう大幅な削減を食らったばかりなんだ。だから雇うのは難しいかもしれないよ」

「給与なんていらないのよ」

「わかっている。そうじゃなくて、職員に受け入れる余裕がないかもしれないということだよ」

「わかったわ」すこしひきずるようないいかたをしたので、その答が意に染まなかったのだとわかった。「いつまでに返事をくれる？　そこで働けないときには、ほかをあたってみないといけないから」

「一日か二日くれれば、ようすが見えてくるだろう」

「一日にしてちょうだい」シャロンがいった。「それだと、わたしたち、ほかの手も打てるから。ありがとう」

人員削減のことはきかなかった。シャロンにとって、やはりオプ・センターは第一の敵なのだ。かつては、夫の愛情を分け合う敵だった。いまは臓器提供者とおなじで、自分にとって必要なとき以外は、存在しないのと変わらない。それに、シャロンは「ジムが」とはいわず、「わたしたち」といった。フッドはそこはかとない嫉妬《しっと》を感じた。シャロンにつきあう相手ができたからではなく、ジム・ハントの生活にシャロンが溶け込んでいるからだ。フッドの仕事には無関心だったのに、こんどは趣味が合うのか、親身になっている。子供たちもジムになついているらしい。彼らのためによろこぶべきだったが、フッドは素直によろこべなかった。

そのあと、子供たちの話をした。ハーレーはだいぶよくなったし、またヴァイオリンを弾いている、とシャロンはいった。アリグザンダーは、コンピュータ・ゲームのやりすぎ、ラップの聞きすぎで、成績に無頓着《むとんちゃく》すぎる。火曜日か水曜日に寄ってアリグザンダーと話をしよう、とフッドはいった。火曜日のほうがいい、とシャロンがいった。その晩は、ジムのケータリングを手伝っているから、と。そして電話を切った。

じつのところ、フッドはシャロンがうらやましかった。いざというときには古い友人に頼れる。自分よりもずっと前からの知り合いに。ひょっとしてジム・ハントは、シャロンが自由になったのを知って、自分も離婚したのかもしれない。

フッドは座りなおし、静寂に耳を澄ました。ひどく森閑として、死んだような静けさだった。ロジャーズはきっとだれにも話していないだろうが、情報関係の人間というのは、部屋の形状が微妙に変化しても察する。それが仕事だからだ。

話し相手がいればどんなにいいだろう、とフッドは思った。いまほど孤独を感じたことは、かつてなかった。それに、これから大荒れの数時間になるとわかっている。予算削減のことを、ローウェル・コフィーが知り、ダレル・マキャスキーが知り、ましてボブ・ハーバートが知ったときには。さらに、ロジャーズが辞めることを知ったなら。フッドは、ことさら不運をかこつような人間ではなかった。おとなは自分で途《みち》を選び、その結果に甘んじるしかない。だが、支援体制から切り離されたことはなかった。シャロンと結婚したときがそうだった、と自分をいましめた。ナンシー・ジョウに去られ、その心の痛みを忘れさせてくれた最初の女性と結婚した。残念ながら、シャロンはその空漠を埋めてくれなかった。

だれかと話がしたい。専門家ではなく友人と。

フッドは、アン・ファリスを思い浮かべた。アンはオプ・センターの広報官で、何年もフッドに思いを寄せていた。アンが勤務しているあいだ、フッドはまだ結婚していた。フッドが離婚すると、ふたりの関係はなにも危険なものではなくなり、刺激もなくなった。アンの思いだけが残った。離婚経験者で子供もいる若いアンに、フッドはさほど夢中だったわけではなかったから、いっしょにはならなかったし、いまも電話はかけない。自分の気分しだいで電話をかけるのは、アンに対してフェアではない。

ダフネ・コナーズに電話しようかとも思った。しかし、広告代理店の女経営者のダフネと何度かデートしたが、友だち以上にはなれないとわかった。どこのレストランやバーや映画に行っても、ダフネはいつも近くやうしろの会話に片耳をそばだてている。クライアントに提供できるような、耳寄りな話や有益な情報をつねに探している。フッドもワーカホリックかもしれないが、仕事場を離れてもオプ・センターをひきずっているということはない。

セルゲイ・オルロフに電話したい気持ちにかられた。オルロフは、サンクト・ペテルブルグにあるロシア版オプ・センターの指揮官だ。ロシア政府に対するクーデターを協力して阻止してから、ふたりはいい友人になった。しかし、オルロフは電話でしゃべるような相手ではない。ふたりして、ロシア語でウハーという魚のスープを大きなボウルから食べ、一オンスのショットグラスでウォトカを飲むのがふさわしい。

まあいい、フッドはあきらめた。やらなければならない仕事がいっぱいある。

とりたてて電話したい相手も見つからなかったので、フッドは電話をかけなければならない相手に電話することにした。まずはロン・プラマーを内線で呼び出して、来てもらう。プラマーは、チーム・プレイヤーだ。ロジャーズの辞任に不安をおぼえはするだろうが、頼めば責任を担《にな》ってくれるはずだ。

プラマーの番号を押しているあいだ、フッドは急に自分の将来がおぼつかないという気持ちになった。人間は物事を組み立てるほうが自然で、組織を縮小するのを監督するのは不自然なのだろう。情報機関と危機管理機構のなかで、オプ・センターはたえず重要な部分として拡大するだろうと、これまでは考えていた。きょう起きたことは、それに逆行する。オプ・センターの無駄を省き、官僚機構的な面や内部の余分な部分を減らすという話ではなかった。組織そのものに大鉈《おおなた》をふるわれたのだ。今後もやらなければならない仕事は多いだろうが、どれほど重要な仕事になるのか？　オプ・センターはどこへ向かうのか？　自分個人はどこへ向かうのか？

「それは自分しだいだろうが」静寂を追い払うために、フッドは声に出してそういった。プラマーに、来てほしいと頼んだ。緊急事態には、ひとつひとつ対処するしかない。そもそもオプ・センターは、それを専門とする組織なのだ。危機管理を。

8

月曜日　午前七時四十三分
ネヴァダ州　ラスヴェガス

白い煉瓦《れんが》で五階建てのアトランティカは、大通り《ストリップ》の南端にあるあまり高級とはいえない古いホテルのうちの一軒だった。水が踊る噴水もなければ、檻《おり》にはいった野生動物もいない。縮尺二分の一のランドマーク、という建築物でもない。三十七年前に開業したときには、ウィンドウの明滅する赤いネオンサインが、「デラックス！」と謳《うた》っていた。いまはただ、大手のカジノに近いという場所の便利さだけが残っている。

それに、アトランティカは割り合い宿泊料金が安い。荷物をここに置いて、もっと大きなホテルでショーやギャンブルを楽しむような観光客が来る。だから、観光客がおおぜい出入りしていて、ひと目につきにくい。それが、トム・〝メルター〟・マンダーにはうってつけだった。

三十七歳のマンダーは、白いトヨタのミニバンで、立体駐車場の三階に乗り入れた。ホテルを見おろすスペースにとめて、シートベルトをはずし、手巻きのたばこに火をつけて、リッチモンドを待った。ハンドルを指で叩《たた》いていた。いらだったふうはなく、のんびりと叩いていた。マンダーは気短なほうではない。石油掘削装置の採掘労働者として十二年働くあいだに、悠然と構えることを学んだ。そこの労働者は、みんなそうだった。そうでないと、長時間の作業中断のあいだに、気が変になってしまう。孤絶した環境で退屈した石油採掘労働者は、殺し合いでもやりかねない。そんなふうにアラスカのノース・スロープで三年間働いていたときに、トランス・イースタン運輸のタンクローリーの運転手をしていたマイクル・ウェイン・リッチモンドと知り合った。リッチモンドは、韓国や日本向けのタンカーに原油を運んでいた。ふたりはそこで、新規事業のビジネス・プランを考えついた。

リッチモンドの年代物のサンダーバードが、十五分後に到着した。身長一七八センチのマンダーは、ミニバンをおりて、コンクリートの階段をおりていった。今回はリッチモンドが相手と接触するのだが、ひとりでは会いたくないのだ。

すでに摂氏三〇度を超え、砂漠の乾燥した熱気がひろがっていた。ミード湖の北西岸の家を出たときにはまだ暗く、ひんやりとしていたのだが、擦り切れたバミューダ・ショーツと白いTシャツを着ていてよかったと思った。

ラスヴェガスは早起きの街ではないのだが、ふたりが会う相手はメリーランド州から来た。いまも体が東部標準時のままなのだ。アトランティカのちっぽけなカジノには、ひとりも客がいなかった。マンダーはその入口に立ち、やろうかやるまいかと迷っているように、スロットマシンをちらりと見た。天井の角に大きな凸面鏡がある。ホテルのデスクが、それを使ってカジノのなかを覗《のぞ》けるようになっている。マンダーはそれを利用して、ロビーを観察した。長身で体格のいいリッチモンドが、エレベーター数台の脇《わき》にあるホテルの内線電話をかけている。リッチモンドが電話を切ると、マンダーはそっちへ歩いていった。

おたがいを認めたそぶりは見せない。ロビーのカジノ寄りに、監視カメラがある。ふたりはエレベーターへ行き、リッチモンドがボタンを押した。ドアがあくと、ふたりは乗った。リッチモンドが、五階のボタンを押す。五階に着くと、左に進んだ。マンダーは右へ行った。エレベーター内にも監視カメラがあったからだ。五階の廊下には監視カメラがない。エレベーターのドアが閉まると、マンダーは踵《きびす》を返し、リッチモンドを追った。

「道路はどうだった?」頭の禿《は》げたリッチモンドが、肩ごしに聞いた。

「楽ちんさ」相棒に追いつくと、マンダーはいって、肩を叩いた。この旧友が好きだったし、尊敬していた。「こんな時間だから、車はほとんど走っていない」

「そうだな」リッチモンドがいった。「おれも、オーシャンサイドから四時間ぴったしで来た」

リッチモンドは、南カリフォルニアの海岸山脈にある小さな山小屋に住んでいる。四年前に自分で建てた。リッチモンドは、シカゴのサウスサイドにあるエレベーターのない寝室一間の家で、シングルマザーに育てられた五人きょうだいのひとりだった。そのあとはアラスカで運転手をした。そうやって永年寒い思いをしたため、いつも暖かい太陽を浴びる暮らしがしたいと思ったのだ。マンダーもそれはおなじだったが、ただ、ずっと水辺に住みたいと思っていた。

リッチモンドは、今回接触してきたエリック・ストーンのことをよく知らなかった。ストーンは、石油会社のピートに推薦されたといっただけだった。ピーター・ファーマーは、マンダーが最後に働いた掘削装置の現場監督だった。リッチモンドは、その会話を録音し、ストーンにその旨《むね》告げた。そのうえで、ストーンに、自分は連邦捜査官ではなく、これはおとり捜査ではないといわせた。

おとり捜査ではないことはわかっていた。ただ、どういう用件なのかが、わからなかった。リッチモンドはピートに電話して、ストーンが偽者《にせもの》ではないことをたしかめた。ピートは偽者ではないと請け合ったが、どういう用件かは知らなかった。

ふたりは五一五号室の前に立ち、リッチモンドがノックした。マンダーは、肩までのばした白髪交じりの髪を首のうしろにかきあげた。ポニーテイルにはしたくない。どんなものであれ、縛られるのは嫌いだ。それで石油採掘労働者になった。二十歳のころ、故郷のオハイオ州トレドで、ノエル・リンチの元の恋人がノエルといっしょにいるのを見つけて殴り倒した。裁判にかけられて服役するのはごめんだったので、メキシコへ逃げ、さらにベネズエラに行って、そこで海底油田の仕事にありついた。困難が好きだった。叩きつける風、すさまじい寒気、いつまでもつづく重労働に立ち向かうのが楽しかった。それもあたりまえになると、アラスカへ行った。そうした仕事がやりがいのあるものではなくなると、マンダーとリッチモンドは、新しい仕事を思いついた。仲介料は取られない、宣伝は口コミ、課税されない。必要とされる人間に腕力を提供する、というものだ。

まずはアラスカではじめた。環境保護主義者が、タンクローリーを妨害したり、油田に行くのを阻止しようとしたりしたときには、ふたりがそういう組織のまとめ役——もしくは、妻がいっしょだった場合には、その妻——を拉致《らち》して、不満はよそで吐き出すようにと説得する。そいつらを痛めつけるほうが、弁護士を使うよりも安いし、手っ取り早く、効果的でもある。警察を呼ぶ必要もない。警察が逮捕すれば、抗議行動は鈍るが、完全には追い払えない。

この仕事は儲《もう》かったし、余禄《よろく》もあった。マンダーがプンタ・カルドンで働いているあいだに、ノエルはマンダーがこてんぱんにのした例の男と結婚していた。片目が見えなくなったそいつに同情したのかもしれない。だれかを殴るたびに、マンダーはその傲慢《ごうまん》なラインバッカーを叩きのめしている気持ちになった。ソシオパス的だというものもいるかもしれない。マンダーにしてみれば、それはカタルシスだった。自分とおなじようにだれもが仕事を楽しんでやれば、この世はもっとよくなる、と考えていた。

ドアがあき、身なりのいい小柄な男が立っているのが見えた。二十代後半か三十代のはじめらしく、髪は麦藁色《むぎわらいろ》で童顔だった。

「ストーンさん？」リッチモンドがきいた。

「そうだ。きみはリッチモンドさんだね？」

リッチモンドはうなずいた。ストーンが、マンダーの顔を見た。

「マンダーさん？」

「ああ」マンダーは答えた。こんなガキに敬語は使えない。

「はいって」ストーンが、すこしさがった。

リッチモンドが、最初にはいった。「それで、ピートとはどういう知り合いなんだ？」狭い入口に足を踏み入れながらたずねた。

マンダーもはいり、ストーンがドアを閉めた。キングサイズのベッド、キチネット、ダイニングエリアがある、中くらいの広さの部屋だった。カーテンは閉めてあり、明かりはすべてつけてあった。

「答える前に、RAW《ロー》スキャンをしてもいいかな？」

「なんのことだ？」リッチモンドがきいた。

「無線電波が出ていないか調べる」ストーンがいった。「外部の人間に電波を送っていないことを確認したい」

「いいだろう」リッチモンドがいった。

マンダーは肩をすくめた。

ストーンが、ベッドメイクされたベッドのかたわらにある荷物スタンドのところへ行った。小さな懐中電灯にイヤホンをつないだような道具を出した。イヤホンを耳に入れて、薄い黄色の光で、マンダーとリッチモンドの体をゆっくりと照らしていった。結果に満足したようだった。

「なにかいるか？」ストーンがきいた。「飲み物は？」

「結構だ」リッチモンドがいった。

「おれもいい」マンダーがいった。

「ピートのことだ」リッチモンドがくりかえした。

「ピーターは、わたしの雇い主の古い友だちだ」ストーンが、注文仕立の黒いブレザーの左内ポケットから携帯電話を出した。「なんならピーターに電話してくれ。まちがいないといってくれるはずだ」

「もうきいたよ」リッチモンドがいった。「あんたはだいじょうぶだといってたが、だれに雇われてるかはいわなかった。用件のことも」

「金のこともだ」マンダーはつけくわえた。気になるのはそれだけだった。報酬さえ納得がいけば、だれのためでも、どんなことでもやる。

ダイニングエリアの小さなテーブルの脇に籐椅子《とうい す》が二脚あり、ストーンがそのいっぽうに座った。ふたりに座るよう手招きした。リッチモンドは籐椅子に座った。マンダーはベッドに腰かけた。

「わたしは、政治活動をしている情報関係者で、国際ビジネスの分野でおおぜい支持者がいるある人物のもとで働いている」ストーンはいった。「ピーター・ファーマーも支持者のひとりだ。時機が来たらもっと詳しい話をするが、われわれの活動に参加することをおおいに誇りに思うはずだ」

「そうかな？」リッチモンドが、ぶっきらぼうにいった。

「そいつは、おれたちが乗るとしたらの話だぞ」マンダーはいった。リッチモンドの考えはわからなかったが、なんであろうとやみくもに同意するわけにはいかない。「信用しろったって、そっちがおれたちを信用していないじゃないか」

「雇う側の特権だ」ストーンがいった。

「まだ雇われていない」マンダーはいった。

「たしかに。これを是正しないといけないな」

ストーンは口がうまい。弁護士かもしれない、とマンダーは思った。虫が好かないやつだ。自信ありげな笑みを浮かべると、ストーンは細い手をシャツのポケットに入れた。小さな茶封筒を出し、テーブルに置いた。軽いカタンという音がした。

「鍵《かぎ》が二本はいっている」ストーンがいった。「一本は、立体駐車場の一番下の階にとめてあるチャコール・グレイのダッジのミニバンのキイだ。リッチモンドさん、あなたの名義になっている。もう一本は、フラミンゴ・アヴェニューにあるラスヴェガス国際信託基金の貸し金庫の鍵だ。金庫には現金二万五千ドルがはいっている。それが前金、三日分の仕事の半額になる。もっと話を聞きたいか？」

リッチモンドとマンダーは、封筒を見てから、顔を見合わせた。

「どうしてそのミニバンを使う？」リッチモンドがきいた。

「スモークを貼《は》ってあるし、防弾ガラスだ」ストーンがいった。

「話を聞こう、ストーンさん」

「あなたはフォールブルックに山小屋を持っているだろう、リッチモンドさん。四方は何エーカーもひとが住んでいない」

「ああ。尾根からの夜景を見ようとあがってくるやつがいるが、そんなにしじゅうじゃない」

「そこからあなたの家は見えるか？」

「まったく見えない」

「結構、二日後の午前六時に、そこに連絡がある。ある場所へ行き、あるものを受け取って、山小屋に戻る。ほかのある場所へ行くよう指示があるまで、そこで待機する。それが終わったら、仕事は終わりだ」

「それだけか?」

「そうだ。あなたには」ストーンが、マンダーのほうを向いた。「サンディエゴに行ってもらう。警備要員になってもらう。ほとんどじっと座っているだけで、なにもやらなくていい」

「まだだいぶ漠然としているな、ストーンさん」マンダーがいった。

「会ったばかりじゃないか」

「それじゃ、お休みのキスでもして別れるか」リッチモンドが冗談をいった。

「そうだな」マンダーは笑った。「おれたちのやることは、どうも法律からはずれてるみたいだしな」

「法律は現実に対処するにはじゅうぶんでないことがある」ストーンがいった。

「だけど、破れば刑務所送りだ」マンダーはいった。「ストーンさん、二万五千っていうのがけっこうな金だっていうのは認める。念入りな警戒もありがたい。しかし、秘密があるのは心配になるね。けっこう心配だ」

「それなら、このまま出ていくという手もある」ストーンがいった。

「ふたりとも？」リッチモンドがきいた。「おれはあんたを信用するよ」

「この仕事にはふたりいる。経験豊富で、プレッシャーがかかっても冷静でいられる人間が。あなたたちふたりのことは調べさせてもらった、リッチモンドさん。しかし、ほかにあてがあるんなら——」

「それにはおよばない」マンダーがいった。「おれもやる」あまり用心ばかりしていると、金を稼ぎ損ねる。リッチモンドが気にしないのなら、我慢するしかない、と思った。

「それをきいて安心した」ストーンがいった。「心配するな。マンダーさんのいったように、結構な報酬だ。だが、それ以外にも非常にいいことがあるんだ」

「この先も仕事があるっていうのか？」リッチモンドがきいた。

「それもあるが、そんなことは取るに足らない」ストーンが請け合った。「まだわかってもらえないとは思うが、あなたがたの貢献はすばらしいものになる。それをやったときには、当然ながらみんなによろこばれる」

「底が浅いって思うかもしれないが、たっぷりと報酬をもらえば、それだけでありがたい」マンダーはいった。

「底が浅くはないよ、マンダーさん。それはこの国が建国されたひとつの理由だった。だから、みんなが金儲けを追求できるようになった」

マンダーは、その響きが気に入った。強欲は愛国心の一環である。

そのあとは、話し合いはそそくさと終えられた。リッチモンドとマンダーは、エレベーターに行くまでのあいだに、すこし話をした。封筒はリッチモンドが受け取って、ポケットに入れた。

「胡麻《ごま》すり野郎みたいだな」マンダーはいった。

「まさにそいつだ」リッチモンドが答えた。「だからこそ、すごい大物のそばにいられるんだ。でないと、胡麻すり野郎はあんなふうに威張れないからな」

「うまいことをいう」

「べつべつにおりよう」リッチモンドがいった。「やつが用意したミニバンで落ち合う」

「どうしてだ？　罠《わな》だと思ってるのか？」

「まともだと思うよ。でも、やつのことはまだわかってないし、やつを見張っている人間がいるかもしれない。だとしたら、おれたちを捕まえて、どういう話があったかを聞こうとするだろう。そうなったら、おれたちのどっちかがぶらりん坊《フローター》にならなきゃいけない」

ぶらりん坊というのは、石油採掘労働者の隠語で、掘削装置の作業員のまわりをうろつく遊動要員のことだ。だれかが怪我《けが》をしたとか、装置の部品が故障したといったときだけ、手を貸すことになっている。

リッチモンドの考えはもっともだったので、先におりてもらい、マンダーは数分たってから下へ行った。チャコール・グレイのミニバンのところで落ち合った。

「どういうぐあいだ?」マンダーはきいた。

「宣伝文句のとおりさ」リッチモンドが答えた。「リアのほうは床をちょっと高くしてある。下に隠しスペースがあるな」

「なんのためだろう? 麻薬か? 違法物資か?」

リッチモンドが肩をすくめた。「どうってことはない。インターステート15で国境検問所を通ったことがある。なんにも調べられなかった」

マンダーは、相棒のほうへ身を乗り出した。「殺しの仕事だったら?」

リッチモンドが、一瞬黙り込んだ。「なんだ。それがどうした?」

「こいつは殺し屋なみの報酬だ。おれたちはまだそこまではやったことがない。やる気はあるか?」

リッチモンドは、マンダーの顔を見た。「おれたちがやってきたほかのことだって、捕まりゃ十年や二十年くらう。おれたちみたいな齢《とし》になったら、終身刑とおなじさ。まだ引退するには金が足りない。おまえは?」

「ご同様だ」

「それなら、四の五のいわずにやろうぜ。一歩ごとに気をつけて、そのあいだずっと、いつもよりも用心しよう」

マンダーは、シャツのポケットから煙草《たばこ》を一本出して、火をつけた。リッチモンドのいうとおりだ。気にしてもはじまらない。どんな仕事にもリスクはある。油田では毎日危険と背中合わせだった。工場で働いていても、ポンプ室の爆発、プラットホームを崩壊させるおそれのある金属疲労。工場で働いていても、事故や解雇される危険がある。毎日、息を吸うたびに、リスクを負っている。こんな大金をもたらすリスクはめったにない。

「こうしないか」しばらく考えたすえに、リッチモンドがいった。「金のつらを拝もう。そうすりゃ気分もよくなる」

「そうだな」

「きょうはこの車はここに置いていこう。おれたちの友だちに、不注意だとか読まれやすいとか思われたくない。あとで取りにこよう」

マンダーは賛成した。それぞれの車に戻り、駐車場を出て、フラミンゴ・アヴェニューに向かった。早朝の空《す》いた通りを走りながら、マンダーは二本目の煙草をつけた。やっていけないという理屈は、どこにもなかった。ストーンのことは、ピート・ファーマーがはっきりと請け合っている。ストーンは大金をぽんと前渡しするという。残りをもらうためには――もっともらえる見込みがありそうだが――今後の指示に従って仕事をやればいいだけだ。点と点を線で結ぶみたいに簡単だ。ただ、マンダーにはひとつだけ気になることがあった。それは、これまで何年もやってきた他の仕事では感じなかった気がかりだった。返済期限を過ぎた金の回収を頼んできた私設馬券屋であろうと、ゆすりを頼んできたギャングであろうと、好きだったし、信用できた。理解できる相手だったからだ。だが、エリック・ストーンは謎《なぞ》だ。

とはいえ、リッチモンドのいうとおり、一歩ずつ進めるしかない。つまるところ、ストーンに対して、ひとつだけ優位に立っている点がある。やばいことになった場合は、あのミニバンの秘密スペースに、やつを押し込んでしまえばいい。

9

月曜日　午前十時五十九分
ワシントンDC

　こういう日もある。本日、ダレル・マキャスキーは、もっぱら雇い主ではない人間のために働いている。

　ＦＢＩに勤務していたころ、特別捜査官もしくは現場指揮官はこうした活動を戦術交換活動（ＴＥＡ）と呼んでいた。ＴＥＡというのは、ひとつの法執行機関や情報機関の要員が、べつのそういった組織に貸し出されることだ。ロジャーズ将軍のオプ・センター勤務のように、期間無制限の公式なものもある。たいがいの場合、非公式に一日か二日行なう。マキャスキーが郵政公社の捜査を手伝ったのも、そのたぐいだった。

　その数時間後、マキャスキーは、ロンドン警視庁《スコットランド・ヤード》に手を貸して、ウィリアム・ウィルソンの急死を捜査することになった。警視庁特別部のジョージ・デイリー警視が、「害意」の可能性を払拭《ふっしょく》するよう総監補に命じられた。マキャスキーは、十年前に、中国系アメリカ人と香港《ホンコン》人の女性誘拐にまつわる国際捜査で、デイリーと協力したことがあった。女たちは、厳しい産児制限政策によって不足している世代の子供を産ませるために、中国に拉致《らち》されていた。二十一世紀に兵士と労働者になる子供が足りなくなることに、中国政府は不安をおぼえていた。この誘拐網はあばかれたが、政府高官が罪に問われることはなかった。

「ワシントンDCの検屍官《けんし》は腕がたしかだと思うよ」マキャスキーは、五十七歳になる古い知人のデイリーにいった。

「だろうね」デイリーは答えた。「でも、ウィルソン氏の立場からして、こうして疑問の声があがるのはやむをえない。犯罪捜査の経験が豊富なだれかに確認してもらえば、総監補も安心できるというわけだよ」

「ウィルソン氏が特定の組織の標的になっていたというような情報は？」

「そのような兆候は、まったくなかった」

「では、いちおう調べて、なにもなければそれでよし、ということだな」マキャスキーはいった。

「そうあってほしいね」デイリーは答えた。「この問題で犯罪の証拠が見つかるのを望んでいるものは、どこにもいない」

マキャスキーは時計を見た。「こうしよう、ジョージ。わたしはこれから何本か電話をかけて、午前中に調べにいく。終わったら、自宅のほうに電話しようか？」

「頼む」

「ケンジントンのおなじ番号だな？」

「西部劇映画の騎兵隊の台詞《せりふ》じゃないが、〝敵を捕らえるか殲滅《せんめつ》するまで戻りません〟だよ。騎兵隊に引きずり出されるか、女房にほうり出されるまで、ここにいるさ」

マキャスキーは笑った。デイリーと話をするのは楽しい。事件には真剣に取り組むが、自分は笑いものにする。デイリーと夫人との関係もうらやましかった。ルーシー・デイリーは、夫の仕事を誇りに思っていることをはっきりと示す。そして、法とそれを護《まも》るものを固く支持している。

マキャスキーは電話を切り、懇意にしているFBIのブレイドン長官補に電話をかけた。ブレイドンは事情を呑《の》み込み、検屍官と会う手はずを整えてくれた。FBI本部から他の地方局に手をまわし、十二時三十分に会うことになった。マキャスキーは急いで執務室を出た。そのときに、ボブ・ハーバートとマイク・ロジャーズが、副長官室の外で話し合っているのが目に留まった。ハーバートがめずらしくしょげ込んでいる。ハーバートは、一九八三年にベイルートで起きたアメリカ大使館爆弾テロ事件で、妻を失い、自分も下半身不随になった。ハイテクの車椅子《くるまいす》に乗るハーバートは、何事も情熱でやってのける。馬鹿《ばか》笑いし、くじけず戦い、できれば現場での仕事をやりたがり、すぐに辛抱できなくなって爆発する。そんなハーバートが、薄気味悪いくらいおとなしくなっている。

「おはよう」通りしなに、マキャスキーはいった。

そのとき、ハーバートは、マキャスキーに背中を向けていた。大きなうなり声を発したが、ふりかえらなかった。

マキャスキーは足をとめた。「どうかしたのか？」

「聞いていないんだな」ハーバートが答えた。抑揚のない陰気な声だった。「マイク・ロジャーズがクビになった」

マキャスキーは、ロジャーズに目を向けた。「どういう理由で？」

「わたしは予算を食いすぎるのさ」ロジャーズがいった。

「それにポールは同意したのか？」マキャスキーはきいた。

「同意し、じかに伝えた。抗議のために自分が辞任するということはせずに」ハーバートがいった。

「辞めたってなにも変わらない」ロジャーズはいった。

「辞めたらもっと尊敬していたさ」ハーバートがいった。

「辞めるほうがずっと楽だよ」マキャスキーはいった。

ハーバートが、さっとふりむいた。「ポールの肩を持つのか」

「敵とか味方とかいうことじゃないだろう」マキャスキーはいった。

「そうだな」ロジャーズがややあっていった。

ハーバートは、あいかわらずふさぎこんでいる。

「愚問かもしれないけど、マイク、きみはどう受け止めている?」マキャスキーはたずねた。

「わたしは兵士だ」ロジャーズはいった。「命じられたところへ行く」

ロジャーズがそう答えるだろうと、マキャスキーは見抜いていた。ロジャーズは、考えていることは口にする。だが、ごくまれな場合を除いて、自分の気持ちをひとに教えはしない。

「陸軍に残るのか?」マキャスキーはたたみかけた。

「わからない」ロジャーズがいった。

「くそったれ!」ハーバートがいった。もう内向してはいない。「こんなところにたむろして、友だちであり同僚でもある男がいじめに遭ったのを落ち着いて話し合ってる場合じゃないぞ」

「そうじゃない」マキャスキーはいった。「マイクの今後の話をしているんだ」

「ダレル、マイクに計画なんてない。いまクビになったところなんだ」ハーバートはいった。「あんたは組織べったりだからな、ずっと組織べったりだったし、これからも組織べったりだ」硬質ゴムの車輪をつかみ、車椅子の向きを変えた。「つぎはあんたかもしれない。ふたり仲良くやれよ」そういい捨てて、マキャスキーの脇《わき》をすり抜けようとした。

「おいおい」マキャスキーは、力強い手でハーバートの肩をつかんだ。肩を押さえ、ハーバートが離れようとしているのを制止した。「たしかに、わたしはチーム・プレイヤーだ。これまでずっとそうだったし、これからもそうだろう。戦いは、大砲を横一列にならべてこそ勝てる。それぞれが勝手な方向を向いていたらだめだ」

「なんだそりゃ。FBIの教科書にでもあるのか」

「ちがう」マキャスキーは、平静に答えた。ふたりとも激したら、不愉快なことになりかねない。「張り込みや偽装おとり捜査のような現場捜査を二十年やってきた経験からそういうんだ。作戦全体をひとりでやってのけられるという、組織無視の戦士の尻拭《しりぬぐ》いをさんざんやってきたからな」

ハーバートはちょっと考えていた。「わかった。その名を甘んじて受けよう。それじゃ、手を放してくれないか。組織無視の戦士をわたしがそこにけしかける前に」

ハーバートの言葉は、とうてい軽口には聞こえず、不穏な感じだった。マキャスキーの言葉が自分へのあてつけだとわかっていたからだ。マキャスキーは手を放し、脇にどいた。ハーバートが車椅子を進めて離れていった。あとで戻ってきたら話をしよう、とマキャスキーは思った。ハーバートの癇癪《かんしゃく》は、燃えあがるのも早いが消えるのも早い。

オプ・センターの他の職員たちは、用心深く三人とは距離を置いていた。目を伏せるか、真正面を向いて、無言で廊下を歩いていた。だが、オプ・センターは政治的な聴覚の鋭い情報収集組織だから、職員たちは何事も見逃していなかった。

「悪かったな、ダレル」ロジャーズがいった。「ボブは腹を立てているんだ」

「それがボブだよ」マキャスキーは答えた。

「まったくだ」

「残務があるだろうし、わたしもこれからちょっと出かける」マキャスキーはいった。

「ビールを飲むひまができたら、声をかけてくれないか」

「週末ならいいだろう」

「楽しみにしているよ」マキャスキーは、ロジャーズと握手をした。何年もいっしょに仕事をして、多くの物事を共有してきたのに、なんともあっけない幕切れに思えた。しかし、いまはさよならをいう場面でも場合でもない。

マキャスキーは、廊下を足早に進んで、エレベーターに向かった。車に乗ると、新型のＦＩＡＴ（連邦情報活動トランスポンダー）のスイッチを入れた。この装置は時計に内蔵されていて、竜頭を引き、時計回りに回すと作動する。発信する信号を、ワシントン市警と州警察部隊すべてが傍受している。もともとは、事故現場に車で急行したりそこから離れたりする際に、法定速度を超える許可証の役割を果たしていた。一刻を争う政府関係の任務に携わっている車であることを、警察に証明するためのものだった。標章がなにもない国土安全保障省の車が、警察にとめられたり、拘束されたりしないように、二年前に導入された。マキャスキーは急を要する任務についているわけではないが、ロンドン警視庁は重要な仲間だ。できるだけ早く、必要とされるものを手に入れるつもりだった。

ウィルソンの遺体は、レザヴォワー・ロードのジョージタウン大学医療センターに搬送されていた。検屍局はいま設備を最新化しているところで、それが終わるまでは、ここで検屍解剖が行なわれる。マキャスキーは、ミニー・ヘネピン医師といっしょに霊安室へ遺体を見にいった。ヘネピンは中年のほっそりした女医で、赤毛、そばかすがあった。ぱりっと糊《のり》のきいた白衣を着ている。

「ＦＢＩで〝責任逃れ〟といわれていることかしらね」コンクリートの階段をおりながら、ヘネピン医師がいった。

「われわれがやっていることはみんな、多少そんなところがありますね」マキャスキーは認めた。

「ロンドン警視庁《スコットランド・ヤード》が、どうして自分のところの捜査官をよこさないのか、きいてもいいですか？」

「そんなことをしたら、マスコミが大騒ぎする」マキャスキーは答えた。「犯罪の疑いがあるとほのめかすようなものですからね。イギリスの官憲は、自分たちも安心したいし、ウィルソンの会社の株主にも、捜査経験が豊富な人間に遺体を確認させたといいたいんですよ」

「マキャスキーさん、激しい性行為によって自然にできる些細《ささい》なものはべつとして、裂傷も打撲も痕跡《こんせき》が認められなかったことを、申しあげておきます。毒物についても徹底的に調べました。なにも残っていなかったはずです」

「自然死の臓器停止に似た結果をもたらす化学物質も、すべて調べましたか?」

「ホルムアルデヒドやパンクロニウムのような筋肉弛緩《しかん》剤など、すべて調べました」へネピン医師がいった。「なにも見つかっていません」

「すぐに消滅してしまう化学物質もある」

「たしかにね。ただ、それはごく微量の場合だし、効果を発揮するには、心臓に近い場所に注射しないといけません。検屍の際に、そういった部分に皮下注射の痕跡がないかどうか調べました。ありませんでしたよ」

「腋《わき》の下も?」マキャスキーはきいた。

「もちろん。化学物質を早く運ぶ大腿《だいたい》動脈も調べました」

「とにかく、わたしも遺体を見ますよ」マキャスキーはいった。「あんがい思いがけない発見があるものですからね」

「正直な話、遺体を医学的見地とはちがう立場からどう見るのか、興味があります」ヘネピン医師が打ち明けた。「これまでにもこういう経験はあるのでしょう?」

「霊安室には何人も送り込みましたがね。そこへたどり着いた御仁と会うのははじめてなんです」

地階に着くと、ヘネピンが明かりをつけた。霊安室は、マキャスキーが思っていたよりも狭く、寝室くらいの面積だった。縦二段、横三列で、計六つのステンレス製冷蔵庫が、いっぽうの壁にある。その左右の壁ぎわには化学薬品や医療機器の戸棚がある。階段の横にあたるもういっぽうの壁には、深い流しのあるテーブルとコンピュータ一台があった。部屋の中央には解剖台が三台あり、すぐ上に蛍光灯がぶらさがっている。

「冷蔵庫から出しましょうか?」ヘネピンがたずねた。

「それにはおよびません。そこをなにかで照らせますか?」

「ええ」

マキャスキーは、死は前にも目《ま》の当たりにしている。いや、さんざん見てきた。ただし、それは銃撃戦での死や、麻薬の打ちすぎで死んだ男のいる巣窟《そうくつ》を調べるようなときだった。いくら哀れでも、悲劇的でも、物語としての死だった。人生最後の一幕という側面があった。しかし、ヘネピン医師とのやりとりは、あまりにもさりげなく、冷蔵庫の残り物を片付ける相談でもしているようだった。まあ、そうにはちがいない。派手に火花が散るわけでもなければ、激しい銃撃戦もない。思い出に残るしぐさも残らないしぐさもない。静かな足音と、低い声、ハゲタカのように宙を漂う好奇心があるだけだ。ナンバー4の冷蔵庫の頑丈な把手《とって》を、ヘネピン医師が引いた。億万長者のウィルソンは、ナンバー1ですらなかった。冷蔵庫の残り物、銅メダルには一歩届かない。霊安室ほど人間を平等にする場所はない。

ひんやりした空気が流れ出し、ラムの生肉みたいなにおいがした。防腐処理は、まだなされていない。ヘネピン医師が、遺体の載った抽斗《ひきだし》を出して、戸棚にあった大型懐中電灯を、上段の冷蔵庫の把手に吊《つ》るした。格好はよくないが、じゅうぶんに用をなす。ヘネピン医師は、ゴム手袋のはいった箱も持ってきた。ふたりとも薄いゴム手袋をはめた。ヘネピンが白いシーツをめくって、まずは頭から見ていった。上半身に、大きなY字形に切開した跡が残っていた。その跡のかなり外側までが紫色で、それから黄ばんだ肌色へと徐々に変わっていた。縫合せずに粘着テープで留めてある。白いテープに沿って切開し、解剖が終わると、そのテープについている留め金で閉じる仕組みになっているようだ。

「そこまでで結構です」腰までシーツがめくられたところで、マキャスキーはいった。大腿動脈は調べたということだったから、心臓からもっと遠い場所を見るつもりはなかった。まずは目を調べた。

「点眼器で薬物を入れることもある」マキャスキーはいった。「目を開かせるため瞼《まぶた》を押さえるので、たいがい毛細血管が切れている」

「心臓から遠いでしょう」ヘネピンが指摘した。

「ああ。でも、コエンザイムQ10をここから大量に投与すれば——」

「梗塞《こうそく》によって心臓にすぐに直接の影響が出る」

「それに、Q10は通常の毒物検査では出てこない」マキャスキーはいった。

「コエンザイムのことをどうして知っているんですか？」

「不倫相手の女を殺した医者を調べたことがあるんです」マキャスキーは説明した。

「状況証拠がじゅうぶんに積みあがったところで、その医者が自白して、手口を明かしたんですよ。でも、この目には異状はないようだ」

そうともいえなかった。眼筋が硬直しかかっていて、眼窩《がんか》のなかで眼球が動かなくなっている。まるでマネキン人形に触っているようだった。

「ペンライトを貸してもらえますか」マキャスキーはきいた。

「はい」ヘネピンが、チョッキのポケットから、医師用ペンライトを出して、マキャスキーに渡した。

マキャスキーは、遺体の顎《あご》をすこし持ちあげて、鼻の穴を照らした。鼻腔《びこう》の血管も、暗殺者が注射によく使う場所だ。皮膚に傷はないようだった。

「軟骨をひっぱる必要はありますか？」

「いや、ここに注射されたとしたら、血の塊があるはずだ」

「どうしてご存じ――」

「ヤク中ですよ。連中は、ありとあらゆる跡が残らない場所に注射するからね」

「おもしろいですね。手足の指の股《また》に注射するというのは、聞いたことがあるけど」

「そう。でも、それでは警官でも見つけられる。捜索を行なう正当な根拠になる」

「なんとまあ」へネピン医師がいった。

マキャスキーは、口を調べにかかった。頰の内側を見た。傷痕《きずあと》はなく、歯茎も無傷だった。つぎに、舌の下側を見た。鬱血《うっけつ》して膨れていた。そのために下側の血管がよく見えた。一本の血管に、針でついたような跡が残っていた。

「見て」マキャスキーはいった。

舌を人差し指と親指でつまみ、口のなかをペンライトで照らした。へネピン医師が覗《のぞ》いた。

「わかった」

へネピン医師はすぐに、解剖台からメスと滅菌した試験管を取ってきた。小さなテープレコーダーも持ってきた。公式な解剖記録をとるために、自分のやっていることを声に出して説明しながら、舌の付近の皮膚を慎重に切り取った。それが済むと、テープレコーダーを切った。

「すぐに研究室に持っていきます」ヘネピンがいった。「結果が出るまで、二時間ぐらいかかります」

「ありがとう。もしよければ、もうちょっと調べてみる」

「どうぞ。もう切らないでくださいね」

マキャスキーは、切らないと約束した。

切り取った組織を分析する手配をするために、ヘネピンが上に戻っていった。マキャスキーは、遺体とふたりきりになった。上半身に、ほかに傷は見つからなかった。シーツをかけ直し、抽斗をもとに戻した。そして、冷蔵庫の扉を閉めた。

ウィルソンは麻薬はやっていない。やっていれば、最初の検査で出ていたはずだ。インシュリンその他の注射もしていなかった。パーティの魚を食べたときに骨が刺さったのならべつだが、舌の下に注射された可能性が高い。

ウィリアム・ウィルソンが殺害されたとしたら、そのワシントンでの暗殺は、ダラスで起きたケネディ暗殺事件のポップカルチャー版になり、公と民の調査がくりひろげられて、インターネット王を殺した真犯人にまつわる陰謀理論が続々と発表されるだろう。

ヘネピン医師が戻ってきた。マキャスキーの携帯電話と執務室の番号を控え、なにかわかったらすぐに連絡すると約束した。マキャスキーは協力に感謝し、内密にしてくれるよう頼んだ。

「検屍《けんし》結果は非公開にします」ヘネピンがいった。「でも、わたしの経験では、それはなにかを隠しているというのとおなじですよ」

「今回は、じっさいに隠しているわけだ」マキャスキーは答えた。

医療センターをあとにしながら、じつに皮肉な展開になってきたと思った。ボブ・ハーバートですら、おもしろがってくれるかもしれない。

それはもうすこしあとのことになる。骨の髄までチーム・プレイヤーのマキャスキーも、この一件にはひとりで取り組むつもりだった。

10

月曜日　午前十一時
ワシントンDC

ドナルド・オー上院議員の広報官をつとめる二十九歳のキャサリン・〝キャット〟・ロックリーは、いつもなら午前七時半に出勤して、午後七時か八時まで事務所にいる。べつに気にならなかった。仕事は大好きだった。だが、気を張る疲れる仕事なので、昼休みは贅沢《ぜいたく》ではなく、必要不可欠だった。事務所を出て、通りの先のグリーン・パントリーへ行き、サラダ・バーを買って、食べながら《ニューヨーク・タイムズ》のクロスワード・パズルをやる。四十五分。脳の充電には、それでじゅうぶんだった。

きょうは事務所を脱け出すつもりはない。

ウィリアム・ウィルソン個人については、どうでもよかった。パーティでは、言葉を交わすどころか、目を合わせたかどうかもはっきりしていない。いつものように午前六時のABCニュースを見て、ウィルソンが死んだことを知った。気になるのはオー議員のことと、このソフトウェア界の大物の死がどういう影響を自分たちにおよぼすかということだけだった。オーをしだいに尊敬するようになっていたキャットとしては、政治からゴシップに注目がそれてしまわないように気を配る必要があった。それに、オーの旧友でレッド・ホース部隊の戦友、スコット・ロックリー中尉の娘として、オーを補佐することによろこびを感じていた。

キャットは、シャワーを浴びながらプレスリリースの内容を考え、服を着ながらメモして、ICレコーダーに最終原稿を録音すると、車で出勤し、事務所に着くとICレコーダーをコンピュータに接続した。音声識別プログラムが、録音されたものを書き起こした。キャットは、オーに電話しながら、それを編集した。人に会ったり挨拶《あいさつ》をしたりした長かった夜の翌日だけに、キャットが電話したとき、オーはまだ寝ていた。ウィルソンが死んだことを、オーはなんの意見も交えずに聞いていた。優秀な政治家は、内密のやりとりでも、そういう才能を発揮する。キャットは、プレスリリースの全文を、電子メールでオーのアドレスに送り、承認を得た。午前八時、短い声明が、電子メールで各報道機関に送られた。そこには、つぎのような事実関係も記されていた。

ウィルソンはオーのパーティにいた女性といっしょだった、というマスコミの報道もあるが、オー事務所としては、まったく認識していないことである。パーティを撮影したカメラマンが、二百枚におよぶすべての画像を添付ファイルで送ってきた。ウィルソンはさまざまな女性と話をしていた。帰るときはひとりだった。

コロンビア大学ジャーナリズム大学院では、これを「先手を打つ」といっている。レポーターが来るのを待っていてはいけない。自分からレポーターのほうへ行き、対話の枠を決める。キャットの書いた声明では、オーは「一市民の私生活に興味を持ったことは一度もありませんので、意見を申し述べるのは、仕事関係の知人のみにとどめたい」と述べていた。「一市民」と限定したのは、政治家の個人的な活動を攻撃する必要が生じた場合にそなえて、逃げを打ったのだ。今回の件で道徳にこだわらなかったことを、公人の道徳を軽視していると誤解されたくはなかった。

プレスリリースを発信すると、キャットは、オーストリアの「青きドナウ」ラジオからジンバブエのZBC第一テレビ局まで、文字どおりAからZに至るあらゆる電話をさばいた。アメリカの朝と夜のニュース番組すべてから、インタビューの依頼があった。CBSの〈イヴニング・ニューズ〉と〈ナイトライン〉を除くすべてを、キャットは断わった。それまでにはウィルソンの身になにが起きたかがある程度はっきりしているだろうし、応答も組み立てておける。そういった情報を、キャットはスタッフに電子メールした。

それからしばらくして、オーは日当たりのいい鏡板張りの事務所で、ケンドラやキャットと話し合い、キャットの計画で申し分ないと決断を下した。今日の予定はそのまま進める。ウィルソンは、アメリカ経済の友人ではなかった。パーティに招待されたのは、ワシントンの大物銀行家と会わせて、ユーロ中心の金融事業計画を見直させるためだった。万人の生活の質を向上させる発明をしたが、政治的にはかなり反米だった人物を追悼するというのは、取り扱いの難しい微妙な問題だった。

「それはそうと、ウィルソンがパーティでだれと会ったかに、わたしは興味がある」と、オーがいった。「心当たりは？」

「カメラマンに、昨夜の画像をすべて送らせました」キャットはいった。「ウィルソンは、いろいろな女性と話をしていますが、たいがい結婚している女性です」

「だからホテルの監視カメラに顔を写されないようにしていたのね」ケンドラが意見をいった。

「身許《みもと》を知られたくなかったんだ」オーもいった。「まあ、できればきょうかぎりで終わって、そのあとはわずらわされないとありがたい」

「ですから、カメラマンには、画像をマスコミに渡さないよう、厳命してあります」キャットはいった。「ウィルソンをパーティに招待したのは、こちらで仲裁するつもりだったと受け止められるでしょう。これは有利に働きます。パーティのウィルソンの画像は、ちがった印象をあたえかねません」

「どんな印象？」ケンドラがきいた。

「ピュリッツァー賞向き騒動、といっておきます」キャットは答えた。「〝ジョン・F・

ケネディ〟と聞いて、まずなにを連想する？　ピッグズ湾事件？　キューバ危機？　マリリン・モンロー？」

「暗殺の場面――ザップルーダーの撮った八ミリの映像」

「ダラスといえば思い出すのは？」

「ああ、そういうことね」ケンドラがうなずいた。

「自然死だろうとなんだろうと、死は反響が大きいし、映像はそれを増幅する」キャットは説明した。「パール・ハーバー、世界貿易センター、チャレンジャーやコロンビアの事故――物事の端っこでしかない感情の力が、本来の意味を覆《おお》い隠してしまう。画像はそういう影響を強調する」

「でも、わたしたちには強調しなければならないことがある」ケンドラがいった。「ウィルソンが掲げていたことと、オー上院議員やアメリカ合衆国第一党（USF）が掲げていることのちがいを。それには、格好の機会じゃない？」

「好都合だけど、うってつけとはいえない」キャットはいった。「ウィルソンの死にかたには、見苦しいところがあったでしょう。わたしたちはそれには近づかないほうがいい。まして、パーティのお客とセックスしていたのだとすると」

「ウィルソンとその構想を安っぽく見せるために利用できないかしら？」ケンドラがいった。

「それだと、わたしたちが安っぽく見えると思う」キャットは答えた。

「そうだな、それについてはキャットに賛成するしかない」オーが口を挟んだ。

ケンドラがうなずいた。「わかりました。いちおうきいただけです」

ケンドラの肉食獣めいた思考が、キャットはふだんから好きではなかった。でも、ケンドラは、反対されたからといって恨みはしない。自分のためではなく、オー議員とUSFのために働いているという意識でいるからだ。

「それと、一日か二日してから、深夜のお笑い番組が、ウィルソンと愛人をネタにするかもしれません」キャットは言葉を継いだ。「そうなると、党大会の真っ最中に、わたしたちもそういうジョークに巻き込まれるかもしれない」

「これまたご明察だな」オーがいった。

「だとすると、今夜のマスコミ出演をどう利用すればいいのかしら？」ケンドラが質問を投げた。「上院議員がウィルソンを非難すれば、冷酷非情だと見なされる。褒めれば、こちらが信用を失う。政治演説をすれば、マスコミ出演を利用できるでしょう。大統領選出馬をそこで宣言したらどう？」

「とんでもない」キャットはいった。

「どうして？」

「それだと、ウィルソンの話題が死なない。ウィルソンの死と上院議員の立候補が、カンマで区切られただけの、ワン・センテンスになる。ふたつがつながってしまう」

「肥やしに花を植えるようなものだと思うの」ケンドラがいった。「糞《ふん》からきれいなものが生まれる」

キャットは顔をしかめた。

「わたしたちとウィルソンが結び付けられても、だれも気にしないわよ」ケンドラが、いいつのった。「結構だと思うけど。ウィルソンの構想はアメリカにとって害悪だったが、USFはアメリカにとって有益である、というふうにつながればいい」

「でも、わたしたちは、ウィルソンの構想ではなく、ウィルソンの死と結びつけられるわ。日和見《ひよりみ》主義者のハゲタカのように見られてしまう」

「上院議員がそういう番組に出演すること自体が、そう見られるんじゃないの？」

「そうとはかぎらない。如才のない外交家だと見られるでしょう。〝亡《な》くなったウィルソン氏とは世界観こそちがいましたが、彼のテクノロジーへの貢献はきわめて貴重なものでした〟というようなことをいえばいいのよ。それとも〝ウィルソンさんは、わたしが反対した道を歩みはじめていました。彼の才能はべつの領域にあったのに〟とか。最初に否定して衝撃をあたえてから褒めそやせば、度量が大きいと見られる」

「わたしは度量が大きいよ」オーが茶化した。

ふたりの女は笑った。それは事実だった。オーは政治家だが、たいがいの政治家は理想主義や博愛主義とは反りが合わない。博愛主義者は、重要な事柄があって、それを実現させなければならないと、自分を説得する。有権者に選ばれる議員は、逆に他人を説得しなければならない。それに、良識と妥協のあいだには、つねに深い溝がある。フランクリン・ルーズヴェルト大統領のような高潔な人物は、ヨーロッパをヒトラーから解放するのが正しい道だと考えていた。でも、それに手をつけるには、日本軍のパール・ハーバー奇襲というきっかけが必要だった。ジョン・F・ケネディは、人間が月に降り立つのは名案だと思ったが、その予算を得るには、ソ連の宇宙ステーション建設という事実が必要だった。さいわい、オー上院議員には、ただ大統領に当選するだけではなく、自分のメッセージをあまねくひろめたいという気概がある。

「キャットの意見に賛成だ」オーはいった。「死んだ男の墓の上では、あまり熱心に踊らないほうがいい。だが、できるだけ早く発表したほうがいいというケンドラの意見も、もっともだと思う。キャット、きょう検討することになっているUSF幹部候補は？」

「ふたりだけです」キャットはいった。「軍事顧問と経済学者」

「軍事顧問というのは、オプ・センター副長官のロジャーズ少将だな？」

「そうです、上院議員」

「アメリカ軍の兵士を率いて、北朝鮮、インド、ロシア、中東へ赴き、紛争が爆発するのを防いできた男だ。これはありがたい。ウィルソンが掲げていたものとは逆の理想的な存在だ。キャット、ロジャーズ将軍に電話して、われわれの党についての意見を聞いておいてくれ。こちらから提示する必要があることや、安心させるために説明できるようなことがあるかどうかを」

ただちにやります、とキャットが答えた。

会議のマスコミ関連の部分は終わったので、キャットはオーとケンドラのふたりを残して、席をはずした。自分の事務室に戻り、退席していたあいだにスタッフがウィリアム・ウィルソンについてマスコミと話をしていないことを確認した。男性三人、女性四人から成るオーの私設スタッフは、すこぶる頭が切れる。だから、そういったことはないと、キャットは確信していたが、ワシントンDCのマスコミ陣営も、負けず劣らず辣腕《らつわん》なのだ。質問する際には、あの手この手の裏技を使う。「それをいう権限はない」と答えれば、「かくかくしかじかについては、コメントを拒否されました」と書かれ、なにかを隠しているようにほのめかされる。ウィルソンについて問い合わせがあったとき、オーのスタッフが答える正しい言葉は、「ロックリーのほうからお話しいたしましょうか?」というものだった。

午前中ずっと、何人かがキャット・ロックリーの話を聞きたがった。キャットは折り返し電話して、朝のプレスリリースにつけくわえることはなにもないと告げた。こんどはキャットが、ロジャーズの話を聞く番だった。携帯電話にかけて名乗った。ロジャーズは、電話をもらってよろこんでいるようだった。

「午後に上院議員と会う予定に変わりはないですね？」と、ロジャーズはいった。

「変わりありません、ロジャーズ将軍。上院議員はお会いするのを楽しみにしています。こうしてお電話を差しあげたのは、そちらになにかご希望があるかどうかをうかがうためなんです。情報ですとか、葉巻のブランドですとか、お好みの飲み物を」

「じつは望みがふたつあります」ロジャーズは答えた。

「なんでしょうか？」

「ひとつは、たしかな展望をそなえ、その展望を貫徹する勇気のある人物に会うことです」

「それは請け合いますわ」

「だと思いました」ロジャーズはいった。「オー上院議員については、いろいろ読みましたし、上院議員が掲げている価値観を尊んでいます。もうひとつの望みは、周囲の意見を聞くことができる人物に会うことです」

「将軍、たったいままで上院議員との会議だったんですが、耳を傾けるし、ちゃんと意見を聞くひとだと請け合いますよ」

「では、上院議員とお目にかかるのを楽しみにしています。できれば、いっしょに仕事ができるようになることを」ロジャーズは答えた。

「ちょっと個人的なことをおききしてもいいですか？」

「ええ」

「この時機にお仕事を変わることにやぶさかでないのですね？」

「正しい仕事であれば」ロジャーズは、きっぱりといった。

「それを聞いて安心しました」キャットは答えた。「お目にかかるのを楽しみにしています」

キャットは電話を切り、話の内容をオーに伝えた。ロジャーズの気持ちを知って、オーはほっとしたようだった。

「わたしたちにはぴったりの戦士のようだね」と、オーはいった。

オーがおおよろこびしているので、キャットもほっとした。全国レベルでの最初の難題に取り組む日なので、同志になりそうな人物が見つかったことに勇気づけられた。

こんどは、あとのレポーターたちに折り返し電話をしないといけない。でも、その前に一本電話をかけた。自分にとってもっと重要な用件の電話を。

グリーン・パントリーに電話し、ターキー・クラブ・サンドイッチを注文した。

11

月曜日　午後零時五十三分
ワシントンDC

オプ・センターへ帰る途中で、マキャスキーは昼食をとろうと、ガソリン・スタンド・マーケットに寄った。ホットドッグとマウンテンデューを買った。表に立って食べながら、ラックの新聞を見た。《ワシントン・ポスト》と《USAトゥデイ》と外国の数紙が、ウィリアム・ウィルソンの夭折《ようせつ》を報じていた。

FBIにいたころ、マキャスキーはATT（対テロ戦術）の講義を受けた。講師は心理学者のヴィク・ウィザーマンで、カウントダウン・プロファイリングと称するものの専門家だった。攻撃を行なう直前のテロリストをそれによって発見できると、ウィザーマンは唱えていた。目に暗い輝きがあり、何事にもまどわされない目的ありげな足どりで、顔を起こし、胸を張って、得意げに自信をみなぎらせている。いわば半神半人の物腰だという。

「原因は三つある」と、ウィザーマンはそのときに説明した。「ひとつは、むろんアドレナリンだ。ふたつ目は、数カ月ぶりに隠れ場所から出たことだ。いや、数年ぶりということもありうる。だが、もっとも肝心なのは三つ目の原因だよ。彼らは、他人にはないものを持っている。未来がどうなるかを知っている」

マキャスキーは、ウィザーマンの説に強い印象を受けた。しかし、似たようなことを現実に経験するのは、きょうがはじめてだった。もし自分の推理が正しければ、あすの見出しはもうわかっている。

車に戻ると同時に、携帯電話が鳴った。ヘネピン医師からだった。

「人間の口腔《こうこう》にあるはずのない物質が、十五分で見つかりました」ヘネピンがいった。

「塩化カリウムです」

「なにに使う物質ですか?」マキャスキーはきいた。

「死刑囚を処刑するときに注射します」ヘネピンが答えた。「心臓がとまります」

「患者が自然にその物質を摂取することはありえないですか?」秘話機能がない携帯電話なので、用心して、ウィリアム・ウィルソンの名をいわないようにした。

「ドッグフードや、特定の痩《や》せるための低カロリー食品、ダイエット用サプリメントをとっていないかぎり。胃の内容物からは、そうしたものを摂取した形跡は見つかっていません。それに、そういった食品やサプリメントの場合、塩化カリウムはクエン酸カリウムといっしょに検出されます」

「調べたサンプルは、塩化カリウムのみだったと」

「そうです」

「では、殺されたんだ」

「自分で注射したのでないかぎり」

「それはありえない」マキャスキーはいった。「これはどこに伝えなければいけないんですか？」

「ワシントン市警の捜査課長と鑑識に」

「いつになりますか？」

「検屍《けんし》所見を書いたらすぐに。一時間ぐらいでしょうね」ヘネピンがいった。

「ちょっと遅らせてもらえませんか」マキャスキーは頼んだ。「本部に戻って、スコットランド・ヤードに先に報《しら》せないといけないんです。情報が公《おおやけ》になる前に、監視しなければならない容疑者がいるかもしれないので」

「わかりました。では、その前に霊安室のべつの遺体の検査をしましょう。それで一時間は稼げるでしょう」

「助かります。ヘネピン先生。こちらにも写しを送ってもらえますか」

「ええ」

マキャスキーは、もう一度礼をいった。

やりとりが終わる前に、根っからの捜査官のマキャスキーは、道路に車を出していた。車の電話には秘話機能があるが、それでオプ・センターやスコットランド・ヤードに連絡したくはなかった。あすの見出しを予知している自分の力も意識にはなかった。頭にあるのは、ウィリアム・ウィルソンの部屋へ行って殺害した人物を突き止めるためには、なにをすべきかということだけだった。

オプ・センターに帰り着くと、マキャスキーは自分の執務室へ行って、ドアを閉め、ジョージ・デイリーに電話をかけた。デイリーは、マキャスキーの予想よりもさらに平然としていた。

「正直いって、心臓麻痺《まひ》で死んだなどという話よりも、ずっと信じられる」と、デイリーはいい放った。

「フッド長官の手が空いたら、すぐに話をする」マキャスキーはいった。「そっちからワシントン市警に連絡するか？　それとも、われわれが代理として捜査を進めようか？」

「両方の線でやりたい」デイリーが、きっぱりといった。「マスコミに知られたら、われわれは直接乗り出すよう圧力をかけられるだろう。それまでのあいだ、こちらが調べる必要がある領域に唾《つば》をつけておいてもらえると、非常に助かる。地元警察は、情報源や事情聴取プロセスとなると、縄張り意識がかなり強くなるからね」

「そっちがまちがいなく捜査に参加できるように手配しておくよ、警視」マキャスキーは請け合った。

「マスコミ連中には、いつわかるかな？」

「検屍官が九十分後に最新の検屍所見を出す」マキャスキーはいった。「その十五分後には、ワシントン中で知られているだろう」

デイリーが、大きな嘆息を漏らした。「古代ローマ帝国は、パンとサーカス――食べ物と娯楽で、国民の歓心を買ったという。いまは携帯電話とインターネットだ。闘技場がなくても、それで他人の血と痛みを見て楽しめる」

「みんながみんなそうとはかぎらない」マキャスキーはいった。

「いや、たいがいそうさ」デイリーがいい放った。「そりゃあ、そういうのが嫌いな人間もすこしはいるが、ほとんどが楽しんでいる。常習性があるのは、なにも犯罪者ばかりではない。社会そのものが退化して野蛮になっている」

デイリーの非難が激しい口ぶりだったので、マキャスキーはびっくりした。大衆の大部分がよくて野次馬、悪くて道徳的野蛮人だとは、思ってもみなかった。社会生活に復帰できない殺人鬼や婦女暴行犯と一般庶民はおなじではない。社会はだいたいにおいて健全で、ときどき自分やデイリーのような人間が小さな手直しをしなければならないだけだと、つねに思っていた。

だが、いまは哲学を論じている場合ではない。マキャスキーは、ベネットに電話して、フッドの手が空いているかどうかをたずねた。会えるとのことだったので、すぐに行くといった。

足早に廊下を進んでいるときに、予見にはヴィク・ウィザーマンが見落としている要素があると、マキャスキーは気づいた。テロリズムはたやすい。怒りを煮えたぎらせ、物事をぶち壊したいと一瞬思うだけでいい。物事をまとめておくほうが、勇気や献身的な努力を必要とする。

ヒューマニズム。こいつのほうがずっと難しい。

12

月曜日　午後一時四十四分
ワシントンDC

フッドは、機密事項を扱わない部門の責任者たちに、実務研修生を必要としているかどうかを問い合わせた。実務研修生をほしがっている部門はなかった。ローウェル・コフィーは、法科大学院生であれば使ってもいいといった。フランキー・ハントは、それにはあてはまらない。電子通信課のケヴィン・カスターは、その分野に興味があるのであれば雇ってもいいという。そうでないのなら、みんなにとって時間の無駄遣いになる、と。他の部門の責任者も、ほぼおなじように答えた。強引に頼んでもよかったのだが、フッドはそうしなかった。あちこちに電話をかけながら、フランキーをオプ・センターで働かせるのはよそうと決めていた。友人を援《たす》けるのは、「いいやつ」だ。別れた妻を援けるのは、「気がとがめている男」。別れた妻の恋人を援けるのは、男とはいえない。ロサンジェルス市議会で脚光を浴びるのではなく、オプ・センターで黒子として働くうちに、表には出していなかったがかなり強かったナルシシズムは弱まった。しかし、それがマゾヒズムに変わるには至っていない。いっぽうシャロンは、あらたな利己主義や虚栄心に全身を覆《おお》われている。前夫が自分のために時間をとり、尽力し、心遣いをするのは当然だと考え、それをやらせようとしている。

　フッドは、数時間置いてから、シャロンに電話するつもりだった。じっさいよりも手間をかけたと思わせるためだ。どのみち、そうしたことにかまけている時間はなかった。CFOのエド・コラーンと予算削減対策を煮詰めるので手いっぱいだった。影響を受けない部門はひとつもない。マット・ストールのコンピュータ部門は、職員十二人のうち六人を削られる。ハーバートは、情報分析要員六人のうちひとりを失う。マイク・ロジャーズが集めた現場部隊は消滅する。デイヴィッド・バタットやエイディーン・マーリイのような工作員は、ケース・バイ・ケースで雇うことになるだろう。ローウェルの法務部は四人から三人に減らされる。カスターは、電子監視要員四人のうち、ひとりを解雇するしかないだろう。夜勤職員も削減する。そういった人減らしをひとつひとつ承認するたびに、それが職員だけではなく国家安全保障に影響をおよぼすことを、フッドは意識していた。オプ・センターは、唯一《ゆいいつ》無二のなみはずれた機能を確立している。国土安全保障省がそういった任務をFBIやCIAに代行させることは不可能だ。フッドをはじめとするオプ・センターの面々は、インターポールの捜査官やロシアのオプ・センターなど世界の諜報《ちょうほう》機関の諜報員との信頼関係を築いている。そういった貴重な持ちつ持たれつの関係を維持するには、時間と人間と資金が必要とされる。予算削減には、それをずたずたにしてしまう影響がある。

コラーンがノート・パソコンを持って出ていくのと同時に、ダレル・マキャスキーがはいってきた。

「砦《とりで》の護《まも》りはどうですか、ポール？」コラーンが出ると、マキャスキーはドアを閉めた。

「市長だったころに、ロサンジェルス市の予算を何十億ドルも削ったものだ」フッドはいった。「政治的には苦しかったが、顔がなかった。きょうはキイボードを叩《たた》くたびに、ひとりひとりの顔が浮かぶ」居住まいを正した。マキャスキーがべつのことを考えているのが見てとれた。「マイク・ロジャーズのことは聞いたか？」

「ええ。ボブが怒り狂って、わたしを轢《ひ》き殺しそうになりましたよ」

「そういえば、まだなにもいってこないな」

「落ち着くまで穴にこもってるでしょう」マキャスキーはいった。「来週ぐらいには来るんじゃないかな」

フッドは頰をゆるめた。「きみのほうの用事は？」

「皮肉な話ですがね、わたしを二日ばかり貸し出してください」

「なにがあった？」

「ウィリアム・ウィルソンは殺害されたのだと思います」

フッドの笑みが消えた。「まいったな」

「まったくです。それに、大事件になりますよ」

「どういうしだいで関わっているんだ？」

「スコットランド・ヤードが、検屍の吟味を頼んできたんです」マキャスキーは説明した。「ジョージタウン大学医療センターへ行って、遺体を見ました。検屍官は舌の下側の注射針の跡を見落としていました。その部分の組織のサンプルを研究室で分析したところ、塩化カリウムが集中して残っているとわかったんです。心臓をとめてしまう化学物質です」

「すごいじゃないか、ダレル」

「どうも」

「スコットランド・ヤードには連絡したか？」

「ええ」マキャスキーはいった。「向こうは、英国大使館経由で捜査に参加するように手はずを整えるでしょう。それまで、捜査の斥候役を頼まれたんです」

「日にちはどれぐらいかな？」

「三日か四日でしょう」

「そのころには、マスコミの注目が飽和状態のピークに達するだろうな」

「知っています。いい面は、大衆に注目されれば、北朝鮮での事件よりも予算を得やすいという点です」

「あのときとは時代がちがう。当時、議会は旧来の組織を、安定した優良企業ではなく、老朽化したと見なしていた」フッドはいった。「今回の事件は、衆目を集める大がかりなものになる。オプ・センターが毎日、ニュースで報じられたら、ＣＩＯＣに予算回復のための策謀だと見られてしまう」

「そんな。ＣＩＯＣもそこまで単純ではないでしょう」

「単純ではないさ、ダレル、疑り深いということだ」

「なにを疑うんです？　支援を求められたら、われわれが他の部局を援けられることがわかるでしょうよ」

「きみは、われわれが存続すると仮定しているぞ。ＣＩＯＣとわれわれの兄貴分の組織には、べつの目論見《もくろみ》があるようだぞ」

「時間差攻撃で解体ですか」マキャスキーはいった。

「ありうるな」

「わかりました。他の組織が、ＣＩＯＣに圧力をかけ、オプ・センターを縮小しようとしていると仮定し――」

「仮定するまでもない」フッドはさえぎった。「現に圧力をかけている。ダベンポート議員がそういっていた」

「だとすると、籠城《ろうじょう》作戦にこだわるのはまずいでしょう」マキャスキーは説いた。「こっちも押し戻し、やつらの顔にわれわれの資産を叩きつける。ダベンポート議員も、スポットライトの端っこに立てればうれしいかもしれない。政治家はだいたい、崇高な犯罪撲滅運動家に見られたがりますからね」

「口が裂けそうな笑いを浮かべて、注目の的になるのを存分に利用するだろうな」フッドは相槌《あいづち》を打った。「スポットライトが消えたら、こっちを向いてこういうだろう――他の組織に手痛く小突かれてな――オプ・センターには、まだまだ削れる贅肉《ぜいにく》があるじゃないか、と。もっと削減しろというかもしれない」

「有権者が黙っていないでしょう。われわれは評判の事件に取り組んでいるわけですから」

「有権者をあてにしたら裏切られるぞ」フッドはいった。「国民は、政府の省庁が本来の仕事をするのを望むものだ。われわれの仕事は危機管理だよ、殺人犯を見つけるのは、人質事件やテロの脅威とはちがい、市警の管轄《かんかつ》だ。金持ちの殺人がとくに念入りに捜査されたことも、有権者にとっては不愉快だろう。アメリカの銀行から金を奪い、アメリカの雇用を奪おうとしていたヨーロッパの億万長者を殺した男を捕らえることよりも、ランドマークとなる建物や空港の安全を確保するほうが、よっぽど重要だと見られるだろうな」

「われわれの社会がそこまで自己中心的になっているとは思えませんね」マキャスキーはいった。「そんなのは信じたくない」

「いや、じっさいそうなっているんだよ」フッドはきっぱりといった。「かつてのアメリカ人は、無限の可能性と機会だけを見ていた。下降線をたどるなどとは考えていなかった。上昇こそがアメリカの美点だと見なされていた。ナルシストが、自分の美しさが衰えたと思ったとき、どうなるだろうね？」

「ボトックス注射で美顔ですかね」

「ちがう。ほかのものもすべて失うのではないかと怖《おそ》れる」

「ナルシストが？　アメリカが？」

「どっちもだ」フッドは答えた。

マキャスキーが、ちょっと切ない顔をした。フッドの嫌いな成り行きになりそうだった。つぎはリズ・ゴードンが来るにちがいない。リズが話を聞き、抑圧された衝動を無意識に行動に表わしているのかどうかを判断する、という寸法だ。

まあ、それも無理からぬことだ、とフッドは思った。「ダレル、よく聞いてくれ。わたしの掩蔽壕《えんぺいごう》にいっしょにこもってくれと頼んでいるわけではない」

「それはわかっていますが、ポール――」

「わたしが心配性かどうかはともかく、オプ・センターが脅威に直面しているのは事実なんだ」フッドはつづけた。「きょうは予算の五分の一を削られた。さらに削減される可能性を無視するわけにはいかない」

「同感です」

「それと同時に、仲間を援けるために、全力を尽くさなければならない。だから、レーダーをできるだけかいくぐって飛んでもらいたい」

「ワシントンで？」

「難しいのはわかっている」フッドは、あきらめの態《てい》でそういった。「用心深くやってくれ。事件ときみの名前が結びつけられたとしても、インタビューには応じるな。スコットランド・ヤードの連絡相手には、隠密《おんみつ》にやるという方針をわかってもらってくれ。ＦＢＩの知り合いとも、Ｃ＆Ｃは最低限にするように」

Ｃ＆Ｃは、接触《コンタクト》と協働《コラボレーション》を意味する。ライバル関係にある国内法執行機関と情報機関は、仲のいい敵のようなものだ。そのことを表わしている。国内機関はほとんど仲良くやっている。

「ステルス・モードにはいりますよ」マキャスキーが約束した。

「よし。これをやったやつをひっとらえたときに、ダベンポートやＣＩＯＣにどうそのカードを切るかを考えよう」

「〝アルフレド・ガルシアの首を持ってこい。話はそれからだ〟（訳注　サム・ペキンパーの有名な映画から）」

「そういうことだな」フッドは答えた。

「いいでしょう。それはそうと、長官、けさはたいへんだったとお察しします。きついことをいったようでしたら、謝りますよ」

「適切なときに適切な質問をしてくれたよ」フッドはいった。「それをはねつけるようでは、わたしはこの椅子《いす》に座っている資格はない」

マキャスキーがにっこり笑った。そういうフッドの態度を見てほっとした。

マキャスキーが出てゆくと、フッドはベネットに命じて、五分間電話をつながないようにしてもらった。そして、こめかみを揉《も》み、フランキー・ハントという厄介な問題をどうしようかと、あらためて考えた。息子のアリグザンダーであれば、なんとか実務研修の口を見つけていたはずだ。シャロンにはそれがわかっている。逆に、フランキーの件では、手をまわしたとしても最低の尽力しかしないことを見抜いている。裏をかき、自分の自尊心をくすぐれば、相手の自尊心もくすぐることになる。それでも手間をかける甲斐《かい》はあるだろうか？

とぐろを巻いた蛇でもつかむように、フッドはおそるおそる手をのばして受話器を取った。前ほど煮え切らない態度ではなく、頼みごとの電話をかけはじめた。

13

月曜日　午後二時十七分
ワシントンDC

ワシントン市警のハウエル刑事から、電話がかかってきた。ケンドラ・ピーターソンが、事務所でそれを受けた。オー上院議員にお目にかかりたい、とハウエル刑事がいった。理由はいわなかった。オーは、陽光が射《さ》し込む会議室で、リンク提督とキャット・ロックリーとともに仕事をしていた。ケンドラはオーに電話をまわし、そこにくわわった。オーが、スピーカーホンに切り替えた。アメリカ国旗のネクタイをゆるめ、シャツは袖《そで》のボタンをはずして、肘《ひじ》の下までまくってあった。

「上院議員、噂《うわさ》がひろまる前にお伝えしようと思いまして。ウィリアム・ウィルソンは殺害された可能性が高いようです」

ハウエルは、感情をまじえず、てきぱきと早口にいった。かつてルーズヴェルト大統領は、汚名とともに生きる日という言葉を使って議会に対日宣戦布告を要請したが、そのときに匹敵する衝撃が走った。

「どういうふうに？」オーは質問した。会話の主導権を握らなければならないと気づいたようだった。あとの三人は呆然《ぼうぜん》としている。

「ウィルソン氏は心臓が停止する薬物を注射されたようです」ハウエルが答えた。

「ホテルで会った女がやったんだな？」

「こちらでもそう推測しています。心臓の筋肉が吸収した量を断定するには、当初の解剖よりも広範囲の組織分析が必要です。循環器の徹底した分析には、何日かかかります」

「刑事、こちらはリンクだ。新証拠は、最初の解剖のあとで見つかったということだな？」リンクが口を挟んだ。

「数時間前にわかりました、提督」ハウエルがいった。「検屍官《けんし》の話では、オプ・センターの人間が遺体を調べて、注射針の跡を発見したそうです」

「オプ・センター？　そこの人間が、そんなところでなにをしていた？」

「それについては情報がありません」

「検屍官の目の前で、その証拠を見つけたのだな？」リンクが念を押した。

「ええ。どうしておききになるんですか？」

「あそこのスパイどもがいかさまなしのビンゴをやるとは思えない」オレゴン生まれの海軍将官は答えた。

「というのは、オプ・センターのことでしょうか？」ハウエルがきき返した。

「そうだ」

「そういうことをでっちあげると疑う理由は？」

「けさ、やつらの予算が削減された」リンクが答えた。「ゲームに戻るのに、ポール・フッドはネタを必要としている」

「短い時間で遺体に細工をする、というようなことをですか？」ハウエルがきいた。

「臨機応変に細工をするのは、諜報員《ちようほう》の得意とするところだ」リンクは指摘した。「刑事、わたしはなにもオプ・センターが悪事を働いたといっているのではない。ただ、タイミングが疑わしいといっているのだ」

キャットが、ミュート・ボタンを押した。「提督、マイク・ロジャーズが来たら、きいてみたらどうですか？」

「それは利口じゃない」リンクが答えた。

「みんな、話が先走りしすぎているぞ」オーがいましめた。ミュートを解除した。「ハウエル刑事、われわれはどういう吟味を受けるだろうか？」

「率直にいって、わかりません」ハウエルが答えた。「例の女を見つけないといけません。ウィルソンが、帰り道のどこかのバーで女と知り合ったか、昼間にエスコート・サービスで女を予約していたのであれば、そちらはなにも調べられないでしょう。パーティのお客だったとすると、あいにくですが、警察がそちらに行くのは避けられないでしょうね」

「しかたがないな」オーは認めた。「パーティ出席者のリストは受け取っているな？」

「ええ。事情を聞きはじめているところです」

「刑事、電話をかけてきてくれて、ほんとうに感謝している」オーはいった。「謎《なぞ》の女についてなにかわかったら、かならずそっちに報《しら》せる」

「ありがとうございます、上院議員。こちらからもお報せします」

オーは電話を切った。座りなおし、太い腕を組む。「その女は何者だろう？　なにか思い当たることは？　想像でもいい」

だれも口をひらかなかった。それはそうだろうと、オーは思った。ケン・リンクがCIAにいたころは、オプ・センターを競争相手と見なしていたはずだ。そのリンクが、借りを返し、一矢《いっし》報いる好機を目にしている。味方はいつ敵に変わるかわからないから、自分にとって逆風になりそうな言葉はだれも口にしない。ワシントンでは、上流とそうではないもののふたつの階層しかない。パーティ出席者は、いずれも四人のだれかしらの知り合いだった。ワシントンでは、パーティの出席者はなんらかの形で全員が知人だということだ。

「まあいいだろう」オーは語を継いだ。「キャット、これで今夜のインタビューの戦略を変える必要は？」

「ウィルソンについてのコメントは、変えなくていいでしょう」キャットが答えた。メモを見た。「事件についてきかれたら、こう答えます。〝発明家としてウィルソン氏はたいへんなテクノロジーの遺産を遺《のこ》しましたね〟。科学者として優秀だったと二度述べれば、銀行家としては天才ではなかったというのをほのめかすことになります。これを変える必要はないでしょう」

「そうね。でも、殺人容疑の話は出るでしょう」ケンドラがいった。「上院議員は、それについて意見をいわないといけないんじゃないの」

「刑事告発のことは又聞きしただけだし、警察の仕事だと、決まり文句でかわせばいいでしょう」キャットは一同にいった。「話題はそこで切りあげる。それ以上その話がつづかないような返事をする」

「どうして？」ケンドラがきいた。

キャットは、そうきかれて驚いた。「マスコミは、上院議員のような有名人を殺人事件と結び付けたがるものだから」

「すでに結び付けられているでしょう」ケンドラが指摘した。「ウィルソンは、パーティから帰って二時間後に死んでいるのよ」

「ケンドラ、なにがいいたいんだ？」オーがたずねた。

「USFは、アメリカ市民の常識的な権利を基盤に設立されています。それには、すべてのひとびとのための正義や、無罪の推定も含まれています。そういったことで、先制攻撃に出るべきでしょう。インタビューの相手に、中傷的な当てこすりは無礼であり、容認しがたいし、われわれの社会をだめにしていると、いってやるのです。扇情的な見出しばかり追い求めるのは、われわれの司法制度にそなわっている尊厳を傷つけるマイナスの効果しかない、と」

「それはチーターに物の道理を説き、蛇に恥を知れというようなものよ」キャットはいった。「捕食者は骨の髄から捕食者だから、変わるわけがない」

「そいつらが牙《きば》を剝《む》き出そうが、知ったことじゃないわ。わたしは、自分たちの勇気を示そうという話をしているのよ」ケンドラはいった。「マスコミとの対立など怖くない。これはやつらをちっぽけに見せる絶好の機会よ」

「そういう姿勢を示す利点はよくわかる」オーが、考え込むようにいった。「しかし、ウィルソンの死の直後というのは、格好の時機ではないだろう」

「国民すべてに聞いてもらえますよ」リンクがいった。

リンクが意見をいうのは、よっぽど確信があるときにかぎられている。この腹心グループの考えがこれほどまとまらないのははじめてだった。ケンドラは背すじをのばして座り、張りつめた顔をしている。キャットはメモ用紙をボールペンで叩《たた》いている。リンクは、海軍の机上演習をやっていて、海図や模型の軍艦でも見つめているかのように、テーブルに身をこごめている。党大会が迫っていてプレッシャーが強まっているせいなのか、それとも殺人事件が勃発《ぼっぱつ》したせいなのか、あるいはその両方が原因なのか、オーにも判断がつかなかった。自分はどちらにも平然としていなければならない。野望がかなって大統領に就任した暁には、もっと大きな危機に、たしかな展望と知力と強い姿勢をもって対応することになる。

「ケン、ご都合主義、もしくは逃げ腰に見られることは心配じゃないか？」

「ことに心配してはいません」リンクが答えた。「攻撃的に事実を述べるのは、自信の表われです。ご都合主義はといえば、マスコミのほうが上院議員を利用しようとしていることになります。こちらは、ウィルソンについてききたいからと、テレビ出演を乞《こ》われたわけですからね」

「視聴者には、マスコミは中立という判断がありますよ」キャットは反論した。「マスコミは媒体であり、メッセージを伝えるのはわれわれです」

「まったく同感」ケンドラがいった。「だからこそ、わたしたちのパーティに来たすべての女性を護《まも》らないといけない。そうしないと、この不幸な事件を利用して、上院議員がテレビに出たと思われる」

「ケンドラ、ゲストのだれにも、殺人の容疑はかけられていないのよ」キャットは指摘した。

「でも、あなたもわたしも含めて、全員が捜査員ばかりじゃなくてマスコミにまで調べられる」

「どちらも憲法で認められている行為よ」そう答えてから、キャットはオーの顔をじっと見た。「上院議員、おたがいに利用することになると、わたしも思います。わたしたちは、今夜のテレビ出演を、党大会のひとつの下地作りと見なし、党大会で地盤を固めようとしている。それ以上のことをやれば、屍骸《しがい》を食らう鬼になってしまう」

「その表現は強すぎるだろう、キャット」リンクが口を挟んだ。

「強い反応を引き起こそうという話をしているんじゃないんですか？」

個人的な恨みになりそうなのを、オーは見てとった。キャットは、自分の広報活動という砦《とりで》を必死で護ろうとしているし、リンクとケンドラは万事に口出しするのが好きだ。これまでは、それでもたいがい意見が一致していた。

オーは時計を見た。「みんな、ロジャーズ将軍がまもなく来る。こうしたらどうだろう。わたしはキャットに賛成だ。今夜はあまり強烈なことはいいたくない――ウィルソンに関しては。ただ、ひとつだけいえる。これはワシントン市警の管轄《かんかつ》だ。オプ・センターのような連邦機関の出る幕ではない。ロジャーズ将軍はオプ・センターに勤務している。事情をつかんでくれるだろう。それに関しては、われわれは積極的にやってもいい」

「わかりました」キャットが、感銘を受けた口ぶりでいった。「そうすれば、わたしたちから注意がそれて、曖昧模糊《あいまいもこ》とした陰謀理論に目が向きますし」

「名案ですね」ケンドラも認めた。

「ケン、予算削減についてほかに知っていることは？」

「いいえ。ＣＩＯＣの議事録を見ただけです」

「他の部門はどれほど打撃を受けたんだ？」

「どこも」リンクが答えた。「それどころか、増額になっています」

「つまり、これはポール・フッドだけに対するこらしめだな」オーはいった。「キャット、オプ・センターについて調べ、ダベンポート議員の話を聞いてくれ。ダベンポートがＣＩＯＣ委員長だ。予算を削減された理由を、非公式に探ってほしい。本選挙の役に立つかもしれない。ダベンポートは、わが国を危険にさらしている理由を弁明しなければならなくなるだろう。わたしはロジャーズから事情を聞きだす」

「上院議員、録画のために、ＣＢＳが三十分後に来ます」

「ロジャーズ将軍は、中断があっても文句はいわないと思うね」オーは立ちあがった。

「ありがとう、みんな。たいへん励まされた」

一同はそそくさと会議室を出た。オーは執務室に戻った。秩序は回復されたものの、かなりの緊張が残っていた。実務研修生、アシスタント、秘書が、それを感じ取って、仕事に集中している。オーはそういう雰囲気が好きだった。鋭い早口で指示を下し、脇目《わきめ》もふらず目的に向けて進む。

もちろん、これは長つづきしない。だが、それもまた、むべなるかな。

オーは執務室のドアを閉めた。重い沈黙が心地よかった。しばらくそれを味わってから、秘書が取り次いだ電話のメッセージを聞いた。妻への電話だけをかけた。ニュースで知る前に、ウィルソンの死の事情を伝えておきたかった。底意地の悪いワシントンの社交界が好きではないヴァレリー・オーは、一年のほとんどをテキサスで過ごしている。オーは会えないのが淋《さび》しかったが、妻がワシントンDCよりも牧場を選んだのはありがたかった。テキサスであれば、妻を侮辱したり陰口を叩いたやつは、昔ながらに木の枝の鞭《むち》でぶっ叩いてやれる。

腰を据えてロジャーズ将軍の身上調書を見ながら、オーは牧場で父親がいったことを思い出していた。金と水が急に枯渇してきたとき、ジェレマイア・オーは、いつも嚙《か》んでいる〈レッド・マン〉の嚙み煙草《たばこ》を歯茎と頰の裏側のあいだに挟んで、足もとを見つめ、だれにともなくいう。「それでも、牛よりはおれたちの境遇のほうがましってもんだ」

どういう事態になろうとも、オーは困難でやりがいのある仕事が好きだった。自分の考えを実地に試し、自分のチームの考えを聞くのが好きだった。そういう境遇を好んでいた。

ウィリアム・ウィルソンの境遇よりはずっとましだ。

14

月曜日 午後二時五十九分
ワシントンDC

アウトサイダーから見ると、議事堂とそれに付属するいくつかの建物は、権力の回廊という言葉で定義される。世界に影響をおよぼし、やがては世界を支配する思想が、一世紀以上にわたりそこで議論されてきた。そこで定義された。ここで罷免《ひめん》された大統領、宣戦布告を宣言した大統領がいた。法案が成立し、あるいは否決されて、連邦、州、地方裁判所を通じて国民すべての生活におよぶさざなみが立った。芸術などの表現の資金が用意され、あるいはそういったことが禁じられた。

マイク・ロジャーズは、権力の回廊だと見てはいなかった。議会にかかわるたびに――ありがたいことに、めったにそういう機会はないが――人間をずたずたにする恐ろしいところだと思えた。さいわい、けさまでは、そういう対象になる心配はさほどなかった。だが、ここで予算に大鉈《おおなた》をふるい、政治の骨を抜き、すばらしい理想を細切れの肉にしていることはたしかだった。聡明《そうめい》な善意のひとびとですら、ここでは手足をもがれたような状態になってしまうのだ。

ヴェトナム戦争は、戦場ではなく、ここで負けたのだ。

議会を権力になぞらえるのは、アイス・ホッケーを旅になぞらえるようなものだ。どちらも激しい肉体の動きがあるが、進展はさほどない。不思議なものだ。ドームや柱の白さはあまり見えず、それに接して陰影をつけている窪《くぼ》みや物蔭《ものかげ》ばかりが目につく。

オー議員が、そうした印象を変えてくれればいい、とロジャーズは願っていた。

議員会館の外には、予備役兵士が配置されていた。ロジャーズは彼らの敬礼に応《こた》え、なかに通された。一階のオー議員の事務所に行くと、ブザーが鳴ってドアがあいた。名乗るまでもなかった。上に監視カメラがある。

被害妄想症の回廊、と呼ぶべきかもしれない、とロジャーズは思った。廊下に視線を投げた。警備はたしかに重要だ。しかし、ドアごとに監視カメラを設置するのはやりすぎだ。こうした監視システムに政府が使う金は、テロリストを追跡して始末する特殊作戦要員を雇う予算にまわしたほうがいい。

だからといって、オー議員への見かたを変えるつもりはなかった。だれしも、同僚の罪までかぶる必要はないのだ。

小ぶりな応接室のマホガニーのデスクに、頭の切れそうな若い女性の受付がいた。早くもデスクの向こうから出てきて、満面に笑みを浮かべ、力強い握手をしながら、ロジャーズに挨拶《あいさつ》をした。

「ロジャーズ将軍、ようこそおいでくださいました。上院議員がお待ちかねです」六枚パネルの桜材のドアの横にあるキイパッドに、暗証を打ち込んだ。奥の事務室に通じるドアがあいた。「コーヒーかなにかお持ちしますか？」

「ブラック・コーヒーをお願いしよう。砂糖なしで」

デスクや小部屋が入り組んだ迷路のようになっているところを抜けて、受付の女性がロジャーズを、オー議員の事務室の閉まったドアの前に案内した。受付がノックをして、はいるようにという返事があった。大柄なテキサス人のオーが、立ちあがって、デスクの向こうから出てきた。ロジャーズをまっすぐに見据えている。

「第三次世界大戦を防いだ男だな」オーがいった。「それも二度」

「それほどの人間ではありませんが、恐縮です」ロジャーズはいった。

「将軍、議会の街《ザ・ヒル》では、謙遜《けんそん》は禁じられているんだ。それに反対する法律を制定した」

「こっちは通りすがりですからね」

「おなじことだ」握手をしながら、オーがいった。「ブリキのラッパみたいな駄法螺《だぼら》は聞き飽きた。大天使ガブリエルのトランペットが手にはいったら、ぜひ吹いてほしいね」

オーの掌《てのひら》と指の内側にできた胼胝《たこ》が、ロジャーズの手に触れた。オーが牧場主の一族だというのを思い出した。政治家になってもふやけていないと知って安心した。

「それに、きみに参加してもらうように説得しないといけないからね」オーがなおもいった。「さあ、かけて」革の肘掛《ひじか》け椅子《いす》を示した。

受付が、コーヒーを持って戻ってきた。そっと出ていったときには気づかなかった。ガラスのティー・テーブルに、受付がコーヒーを置いた。キャンプ・デイヴィッドの金色のロゴがある紺のマグカップから、湯気が立ち昇る。ロゴはロジャーズの側にあった。オーの喩《たと》えを借りれば、コルネットで十六分音符をひとつ吹いたというところだが、聞き逃しようがない。

受付が出てゆくと、胸の厚い男がはいってきた。パーティで教えられたのを、ロジャーズは思い出した。

「リンク提督」ロジャーズは立ちあがった。

「そのままで」リンクがいった。ドアを閉めてから、ロジャーズと握手した。肘掛け椅子の向きを変えて、三人が輪になるようにした。「どうかよろしく。昨夜は話もできなくて申しわけなかった」

「ああいうのは、思いどおりに動かせないものだ」オーが座りながらいった。「牛追いとはぜんぜんちがうな」

「電気鞭でも使えばよかったですね」ロジャーズはいった。

「そんな名案を聞くのは、ひさしぶりだ」オーが笑った。演技ではなく、腹の底から笑っていた。

「ここへ来る途中で、ウィリアム・ウィルソンのことを聞きました」ロジャーズはいった。「なにか余波はありましたか？」

「まだない」オーが答えた。「二十分後に、CBS〈イヴニング・ニューズ〉のインタビューの録画をしないといけない。そのあとで、もっと詳しいことがわかるだろう。できれば、残っていて、もっと相談したい」

「いいですよ」ロジャーズはいった。「ただ、上院議員、この件では急ぎたくない」

わたしにはいまひとつわからないんです。この件というのがなんなのか、

「新政党、ワシントンでのビジネスの新しいやりかた」オーがいった。「話は聞いているはずだぞ」

「しじゅう聞くので、耳を澄ますのはやめました」ロジャーズは認めた。

「アメリカ国民の大部分が、無関心になっている」ロジャーズ将軍。だからこそ、国民の注意を喚起しなければならない。ぐずぐずせず、迅速に劇的な新スタートを切る」オーが、座ったまま身を乗り出した。「まもなく大統領選出馬を発表する。リンク提督に副大統領候補になってもらう。両方とも、だれにとっても意外ではないだろう。だが、わたしが党首受諾演説でお願いすることは、ありきたりの政党の理論とはまったく異な

っている。わたしはFAIR変革と呼ぶものを提唱する。アメリカのインフラの全面的《フル・アメリカン・インフラストラクチャー・》改革《リフォーム》という意味だ。司法制度や社会保険に至るまで、すべてをそれを必要とする人々に役立つように組み直す」

「それには、相当の政治的影響力と資金が必要になる」

「資金は、感謝もされない海外援助や外国製品に、数十億ドルを毎年むだに支出しているような、的外れのプロジェクトからまわす」オーがいった。「外国がわが国の消費市場に参入したいのであれば、関税を払ってもらう。政治的影響力だが、そちらはわが国の国民から得られる。われわれは選挙民をあまりにもないがしろにしてきたからね、ロジャーズ将軍。必要とあれば、問題決定のために月例の国民投票をやってもいい。有権者の望みを裏切る議員には、元議員になってもらおう」

「肝の据わった計画なら、おらも信じるで」ロジャーズはいった。

オーは座り直した。「しかし、とつづくんだな?」

「おらあ、地獄経由〝証拠を見せろ〟ミズーリ（訳注 ミズーリ人は疑り深いとされ、これが州の綽名になっている）の出身でね。夢見る瞳《ひとみ》のペシミストなんだ」

「こいつはおもしろい」リンクが、ぼそりといった。

「いい結果を願いつつ、最悪の結果を予期するわけだ」オーがいった。

「〝最悪の結果になると思う〟といったほうがいい」ロジャーズはいった。

「サム・ヒューストンもそんなふうだったが、たいへんなことを成し遂げた」オーがいった。「国を建設した」

ロジャーズはにやりと笑った。「やっこさんはテキサス人だった。こっちはコネティカット人でね」

オーが満面に笑みをひろげた。「テキサスは心の国だ。ただの地理的な存在ではない。わたしも提督も、きみとはいささかちがっている。われわれは、FAIRがどう受け止められるかについては、用心深いオプティミストなんだ。とはいえ、選挙運動を開始したら、痛烈な意見がいえる軍事顧問が必要になる。戦場で泥にまみれたことがあり、諜《ちょう》報《ほう》活動も理解している人間が。オー政権で国防長官がつとめられるような人間が」

「きみにはたぐいまれな資格がある」リンクがつけくわえた。

「よくわからないな」ロジャーズはいった。「オファーのつもりですか？」

オーが大笑いした。短い笑いで、演技だった。「いまもいったように、テキサスはここにある」胸に触れた。「きみがここにはいってくる姿を見た。わたしの閣僚には、ああいう姿で演壇にのぼってほしい」

ロジャーズはお世辞に乗りそうになったが、疑念も感じていた。オーは、なにか理由があってひっかけようとしているのか、それともいっていることは本気なのか。直球勝負の政治家なのか。

「将軍、オプ・センターについていくつか質問してもいいかな?」リンクがいった。

「どうして?」ロジャーズはきき返した。「どんなことを聞いているんですか?」

「たいして聞いていない」リンクは答えた。

「ここはワシントンだ。それはないでしょう」

「一本取られたな、ケン」オーが、こんどは作り笑いではなく笑った。

「図星だよ」リンクが認めた。「じつは、ウィリアム・ウィルソンの殺人事件捜査にまで手をひろげていると聞いたものでね」

「ほんとうに?」ロジャーズは答えた。

リンクが、ロジャーズを見守った。「驚いているようだな?」

「ええ。だれが先頭に立っているんです?」

「わからない。だが、かなり優秀な人物だな」リンクは答えた。「検屍官《けんし》が見落とした舌の下の傷痕《きずあと》を見つけている。それで心臓麻痺《まひ》ではなく、殺人事件になった」

「なるほど」

現場捜査に熟練したダレル・マキャスキーの手柄にちがいない。オプ・センターは、スコットランド・ヤードかインターポールの依頼で、捜査にかかわるようになったのだ。

「将軍、CIOCがオプ・センターに予算削減を命じたことを聞いた」リンクがなおもいった。「引き締めと組織変更に向かっているような状況で、フッド長官はどうしてそんな外部のプロジェクトを引き受けたのだろう?」

「自分できいたらどうです」ロジャーズはいった。

「むろんそうする」オーがいった。「ケン、きみは政府機関の機密事項を漏らすように、ロジャーズ将軍に頼んで——」

「じつのところ、それだけではないんですよ」ロジャーズは、ふたりに打ち明けた。

「けさ、わたしもその削減方針に含まれていることがわかりました。副長官の職務はもうほとんど返上しているわけです」

「辞任しろといわれたのか?」オーが、びっくりしてたずねた。

「二週間後には、わたしはあなたがたのところで働いているか、あるいは国防総省に戻って、ちがう仕事についているでしょう」

「ひどい話だな」リンクがいった。「アメリカの英雄をほうり出し、そのいっぽうで、放埒《ほうらつ》なイギリスの億万長者が殺された事件の捜査を手伝うとは」

オーの電話が鳴った。オーが出て、耳を澄まし、すぐに行くと答えた。「会議室へ行って、ダン・ラザーの番組のアソシエート・プロデューサーとインタビューの打ち合わせをしないといけない。将軍、ちょっと待っていてもらえないか。十五分ぐらいですむだろう」

「いいですよ」ロジャーズは、オーといっしょに立ちあがった。

オーが出てゆき、ドアが閉まった。ロジャーズはまた腰をおろした。リンクがじっと顔を見ていた。ロジャーズはコーヒーをひと口飲んだ。

「ロジャーズ将軍――マイクと呼んでもいいかな――個人的なことをきいてもいいだろうか?」

「どうぞ」

「ポール・フッドかオプ・センターに裏切られたと感じているか?」

「そういう気持ちにはならない」ロジャーズは答えた。

「どういう気持ちにはなるんだ?」

なにか目論見《もくろみ》のある質問だと、ロジャーズは思った。ただ、どういう目論見があるのかは定かでない。雑談ではないことは、即座にわかった。

「こういう成り行きになったのは愉快ではないが、仕事とはそういうものだ。軍隊の職務はことに」ロジャーズは答えた。「理由はどうあれ、仕事は終わった。よそに移るだけです」

「健全な態度だな」リンクがいった。

「どうも。では、こんどはこちらから質問しますよ、提督」

「いいだろう」

「オプ・センターをわたしがどう思っているかが、重要なんですか?」

「きみがわれわれのところで働くかどうかには、まったくかかわりがない」リンクがいった。「むしろ、彼らのためを思っているといったほうがいいだろう」

「意味がわからない」

「ポール・フッドは、自分の組織をきわめて危険な領域にひっぱっていこうとしている。自分だけではなく、われわれにとっても危険な領域に」

「どうして？」

「外見の問題だ」リンクがいった。「オプ・センターが捜査でドジを踏んだら、われわれも泥をかぶる。われわれのパーティの客、党大会の参加者が迷惑をこうむる」

「捜査に失敗すると仮定している理由は？」

「オプ・センターが急に人手不足に陥ったからだ」と、リンクが答えた。「仮にXなる人物がこの任務を引き受けたとしよう。従来の仕事もやらなければならないし、削減によって引き継いだ仕事が増える。いうまでもないことだろうが、軍隊で人員削減が行なわれると、家捜しの手順も、ドアごしに撃ってうめき声が聞こえてから調べるという、乱暴な作戦手順になりがちだ。Xがそれをやらざるをえなくなっていたら、こっちまでいわれのない非難を浴びる」

「可能性はある。しかし、深刻な非難になるとはかぎらない」

「新政党を立ちあげるときには、信用にどんな汚点がついても深刻だ」リンクがいった。

「寄付をする連中が怖気《おじけ》づいて離れていく。それに、わたしは議会の連中と話をした。フッドは今回の行動を、護《まも》りを固めるのに利用し、国際犯罪捜査を危機管理の一部に取り込もうとしているのではないかと、連中は疑っている。そういうことを、前にもフッドはやっているからな」

「日本に対するミサイル攻撃を阻止して、そういう任務に復帰したというのが実情だ」ロジャーズはいった。「大統領に乞《こ》われて、守備範囲をひろげた」

「いまは状況がちがうだろう」リンクがいった。「時代もちがう。当時のCIAはHUMINTからELINTへと移行していた。デジタルの割れ目からデータがこぼれ落ちていた。オプ・センターはそれを拾えばよかった。今後、CIAはそういうことは許さないだろう」

「いいだろう。それが事実だとして、どうしてわれわれに関係がある?」

「ポール・フッドが、状況を操作しているという見解があるからだ」

「馬鹿《ばか》をいうな」ロジャーズは声を荒らげた。その見解を持ち出したのがリンクではないことを願った。あまりにも下劣だ。「わたしはオプ・センターのひとびとを知っている。断じてそんなことはやらない」

「ほかのひとびとは、そこまで信じてはいない」

「どういう連中だ?」

「影響力のあるひとびとだ。ＣＩＯＣや大統領が意見を聞くような。マイク、わたしがいいたいのは、オプ・センターを取り巻く状況はかんばしくないということだ」

「かんばしくないのはわかった。どうしてわざわざわたしにそういう話をする？」

「フッド長官と話をしてもらったほうがいいだろう」リンクがいった。「これに柔軟に対処するほうが、オプ・センターのためだというんだ」

「柔軟に？　うやむやにしろというのか？」

「正規のチャンネルを通じて、イギリスにやらせろといっているんだ。捜査はワシントン市警に任せればいい」

ワシントン市警は優秀だし、繊細で、秘密を守る。歩きながら泥を跳ね飛ばすようなことはない。しかし、ロジャーズは、リンクがいったような理由からフッドが捜査に乗り出したとは思っていなかった。危機管理組織という存在は、もっと偉大な業績を残すはずだ。

「ほかにも考えなければならないことがある」リンクが語を継いだ。「ＣＩＯＣは、予算をゼロにすることで、あすにも実質的にオプ・センターを解散させることができる。フッドがＦＢＩの管轄《かんかつ》を犯した場合、そうなりうる。友人らしくフッドに接し、関与するのをやめるよう説くんだな」

「考えておこう」と、ロジャーズはいった。

もうその話題は出なかった。

ふたりは、USFとその第一回党大会について、すこし話をした。ひそかに党を支援している政治家や財界人のリストを、リンクが渡した。驚くべきものだった。最新情報を把握できるように、USFのプレス・リリースと内部規定のファイルを収めたCD-Rも渡された。

オー上院議員が戻ってきて、バランス感覚も戻った。インタビューの録画はうまくいったと、オーはいった。「イギリスのヨーロッパへの贈り物」と呼ばれている人物の死について憶測するよりは、捜査機関の正式発表を待ちたいと、CBSに告げた。それもキャットの考えた文句で、いいところを突いているのが気に入った、とオーはいった。

ふたりと話をするうちに、ロジャーズはオーが相手なら安心でき、リンクに対しては信用する気持ちになれないことに気づいた。オーとリンクの組み合わせの力学は、やさしい警官と怖い警官というようなものではない。それよりも率直だ。オーは、白昼に目抜き通りで拳銃《けんじゅう》使いと対峙《たいじ》する正義の味方の保安官だろう。リンクは、ライフルを持って窓の奥に隠れ、悪漢の肩を撃つ保安官助手で、倒れた悪漢の傷口を踏みつけ、仲間がどこに隠れているかを白状させる。自分がターゲットにならないかぎり、どちらのやりかたも戦略的に有効だ。オーとなら、どういう立場に身を置けばいいかがわかる。リンクに対しては、そういう確信がもてなかった。雇われるのと使われるのには、微妙なちがいがある。その埒《らち》を越えるかどうかは、雇い主の高潔さと雇われる側の品格にかかっている。

あすの朝までに返事をするといって、ロジャーズは辞去した。参加したい気持ちに傾いていた。刺激的な理想だったし、自分にとっても新しい経験になる。とはいえ、自分がなにをすることになるのか、よくわからなかった。軍隊を辞めて、途方もなく不確かな世界に飛び込むことになる。とはいえ、人生で不確かでないことなどあるだろうか？けさ起きたときはまだ、オプ・センターの副長官だったのだ。

車に向けて歩いているとき、解雇されたことを意外なくらい口惜《くや》しく思っているのに気づいた。フッドのやつ、わたしを馘《くび》にしておいて、ダレル・マキャスキーやボブ・ハーバートのような経費のかかるやつらに、本筋とはずれた捜査をやらせるとは、どういうつもりだ？　忠誠を裏切る行為とまではいわないが、優先順位がめちゃめちゃになっている。事件をフッドがオプ・センターのために利用しているという意見はどうだろうか？　証拠が改竄《かいざん》されたとは片時も思わなかったが、苦しみにあえいでいるオプ・センターを方向転換させようとしているのかもしれない。

そこが保安官助手の強みだ、とロジャーズは結論を下した。保安官はでかい象徴で、でかいターゲットになる。通りに仁王立ちになって、無法者と対決しなければならない。安全な場所から狙撃《そげき》することはできないし、心理作戦をやる時間の余裕もない。

ＣＩＡで秘密工作に携わってきた歳月は、ケネス・リンクにとっては有益だったようだ。ロジャーズは、混雑した道路と夕方の赤茶けた陽射《ひざ》しのなかに車を出し、ウィリアム・ウィルソン事件の捜査のことをフッドと話し合おうと決めた。

15

月曜日 午後四時十八分
ヴァージニア州 シャーロッツヴィル

エイプリル・ドランスが、ヴァージニア州との州境に近いテネシー州スニードヴィルで少女時代を送ったころ、父親は捨てられた電気器具を拾っては修理して売っていた。一九七〇年代の南部では、家族を養うために、手先が器用で才覚のあるアフリカ系アメリカ人は、そういうことをやらなければならなかった。エイプリルは、修理前の電気器具を使ってままごと遊びをするのが好きだった。父親が働いているのを見るのも好きだった。大きな手が細い針金や工具を操るのを見るのが楽しかった。父親はいつも、自分がなにをやっているか、どうしてそれをやっているかを説明した。

「おやじに教わったんだよ」波形ブリキ板の屋根の小さな小屋で、ある晩、ロイヤル・ドランスがいった。

「パパのお父さんもお父さんから教わったんでしょう？」エイプリルはきいた。

「そうだよ」

「最初におぼえたのはだれ？」

「それはおやじのおやじ、ウォルター・イマニュエル・ドランスだ」ロイヤルは教えた。「第一次世界大戦中、第八〇三先遣工作歩兵師団の二等兵だった。大規模な人種分離部隊、つまり黒人がはいれる唯一《ゆいいつ》の部隊だった。おじいさんは、フランスで戦いながら、機械工の仕事をありったけ習ったんだ」

「戦争中に学校に行ったの？」

「そんなふうなものだよ、いい子だね」父親はエイプリルにいった。「生き延びるために、戦友を生き延びさせるために、いろいろなことを習わないといけなかったんだ」

「戦争はいいっていうこと？」

「いいこともある。おれたちは戦争のおかげで解放された。それに、戦争をやるのに、いろいろなことが発明される」

戦争が文明にプラスになる面もあるという意見を、エイプリルはけっして忘れなかった。

もうすこし大きくなると、まだ十一にもなっていなかったエイプリルは、下校してから電気器具の修理をやるようになった。トラックにいっぱい品物を積んで帰ってきたときの父親の得意げな顔を見るのが、大好きだった。父親が死んだあとも、エイプリルはその稼業《かぎょう》を継ぎ、母親と弟を養った。ハイスクールの科学や職業訓練課程の教師たちの助力で、ノックスヴィルのテネシー大学工学部の奨学金を得た。一九八四年、エイプリルは優秀な成績で、QuASSE（量子と固体電子工学）の博士号を得て、コーネル大学を卒業した。即座にCIAの勧誘を受けた。困難だがやりがいのある仕事で、身分も保証されるし、母親や弟の家とも近いので、エイプリルはそこで働くことにした。ヴァージニア州リッチモンドの秘密研究所に勤務した。その研究所はリッチモンド大学の地下《ちか》壕《ごう》に施設があった。存在を知るのは、リッチモンド大学の学長と少数の選ばれた理事と警察署長だけだった。なにをやっているかを知るものはいなかった。毎年多額の基金を寄付することで、目をつぶってもらっていた。

それに、エイプリルは、戦争のために学び、成長しなければならなかった。

そこは「学校」と呼ばれ、十一人の職員が、戦闘中に機動性の高い部隊が使用する、新型の電子妨害、監視、方向探知機をテストしていた。大学のコンピュータや電気通信設備は最新のものがたえず使用されているので、うってつけの場所だった。最新型のノート・パソコンや携帯電話やその他の携帯電子機器を持った学生が、キャンパスにいっぱいいる。現代の兵士、スパイ、テロリストが持つようなものを、学生はすべて所有している。いや、それ以上のものを持っている。なにも知らない学生や教官を相手に、試作品の実地テストにほかならないことをやるのが、「学校」の職員はおもしろくてたまらなかった。エイプリルの祖先の言葉であるバンツー語が突然、携帯電話から聞こえてきたのを不思議がっている学生を観察するのは、〈どっきりカメラ〉のようだった。

「学校」の難点は、疲労のあまり燃え尽きてしまうことだった。窓のない部屋で長時間、神経を集中させて働く。人付き合いができない。辞めるのもかなり難しい。仕事を辞めたあとの就職を、ＣＩＡは厳格に管理している。機密情報が民間事業に伝わってはまずいからだ。敵のレーダーに偽《にせ》データを信じ込ませる電磁気妨害装置を自動車に組み込めば、警察の速度取締レーダーなど簡単に欺瞞《ぎまん》できる。エイプリルとしても、「学校」ほどの予算や資源はないが、おなじように長時間労働を要求するはずの国防産業では働きたくなかった。残る道は教職しかなかった。リッチモンドからシャーロッツヴィルまでの道のりの三分の一ほどにあるグーチランドに、家を買っていた。毎朝、これまでとは逆の方向に七〇キロメートルほど車を走らせて、ヴァージニア大学に通勤し、マイクロエレクトロニクスを教えるようになった。

しかし、何年もいっしょに仕事をした仲間が、しばしば電話してきて、特定のプロジェクトについて相談した。エイプリルはよろこんで相談に乗った。政府はいまなお地球でもっともおもしろい玩具《おもちゃ》を所有している。

とはいえ、今回の電話には意表を衝《つ》かれた。

相手は携帯電話にかけてきて、メッセージを残していた。エイプリルは、もっと安全な自宅の固定電話からかけ直した。意外だったのは、かけてきた相手ではなかった。いっしょに働いたことはなかったが、何度も会ったことがある。相手の用件に驚いたのだ。アメリカ政府は、この手の武器数百種類を、世界中の軍や情報機関の倉庫に保管している。ただ、これとまったくおなじ仕様のものはないはずだった。相手がいうように、システムは「もぐらと穴《モールズ・アンド・ホールズ》」だらけなので、品物を「簿外」で手に入れなければならないということも納得がいった。

　もちろん、エイプリルには、それを届けることができる。電話の相手と共通の友人は信用できるので、届けるつもりだった。

　それに、痛快だし金儲《もう》けにもなる。スニードヴィルの小さな家のキッチンにあるフォーマイカのテーブルで、ちょっと作業をすればよいだけだ。

夜に部品を自宅に配達する、といわれた。翌朝取りにいくから、それまでに組み立てておいてほしい、と。時間はじゅうぶんすぎるほどだ。こういった武器は、汎用《はんよう》の部品を使うようになっている。ウォルター・ドランス二等兵が、ハンマーと余ったレールを使って、連合軍のMk4三〇センチ曲射砲用のクランクやバラストの代理品をこしらえた時代とはちがう。それに、ドランス二等兵はそれで報酬をもらいはしなかった。今回の仕事で、母親に新しい車を買ってあげられる。

　それに、善行にもなるかもしれない。戦争は善をもたらす力にもなりうる。

たった一発の爆弾ではじまって終わる戦争といえども。

16

月曜日　午後五時二十二分
ワシントンDC

　FBIに勤務していたころ、マキャスキーはマスコミとの関係を大切にしていた。法執行機関で行なわれていることを大衆はすべて知る権利がある、という意見には賛成できなかった。しかし、記者たちには、他の道すじからは得られないような情報源があった。情報はこの世界の通貨で、ジャーナリズムの知っていることを聞き出すために、マキャスキーは機密のデータと交換しなければならないことが多かった。さいわい、騙《だま》されたことはなかった。記者、調査の対象、仲介者、読者のあいだの信頼は、ジャーナリズムの基盤になっている。FBIに永年勤務するあいだに、マキャスキーはなんらかの理由で信頼できない捜査官に何度か遭遇した。しかし、約束をたがえる記者には会ったことがない。その成果が犯罪との戦いの礎《いしずえ》になった。

《ワシントン・ポスト》に載ったオーのパーティ招待客一覧表は、ワシントン市警がマキャスキーに渡したリストと異なっていた。新聞は、招待された全員の名を載せていた。

警察は、受付にさし出された招待状をもとに、じっさいに出席した人間のリストをこしらえていた。

招待者名簿に載っているうちの四人が、出席者リストに載っていなかった。マイク・ロジャーズは、両方に載っている。ロジャーズが招待された理由が、マキャスキーには想像もつかなかった。

ロジャーズは出かけていたので、マキャスキーは携帯電話にメッセージを吹き込んだ。それから、事件を取材している《ワシントン・ポスト》の記者に電話した。パーティに来ていた全員と話をして、正確な人数を把握する必要があるだろう。厨房《ちゅうぼう》や裏口から入ったものもいたかもしれないし、オー議員が連れてきた客もいたかもしれない。ウィルソンがだれと話をしたかも突き止める必要がある。ジャーナリストはそこに目をつけるはずだ。

《ワシントン・ポスト》の経済部記者ビル・タイモアは、パーティに出席していた。オー上院議員の上級アシスタント、ケンドラ・ピーターソンの同伴者という立場だった。オフレコで情報を伝える見返りに会ってもいいと、タイモアが承諾した。マキャスキーに異存はなかった。

「質問するまえに、ぼくはケンドラと一年近く付き合っていることをいっておきますよ。彼女は優先的に報道されることを望んでいたわけじゃないし、ぼくは記事を書くために、ウィルソンよりも三十分早く帰った」と、タイモアはいった。

「それじゃ、だれがウィルソンに会いにいったか、見当がつかないだろうね」

「というより、だれが帰ったのかもわからない」タイモアが念を押した。「地元のエスコート・サービスを調べさせています。その女が有給解雇《ペイレイド》されて、刺客と入れ替わったのかもしれない」

「有給解雇」マキャスキーは、その言葉をくりかえした。はじめて聞く。「エスコートの女が、何百ドルかもらい、客のところへは行かずにコーヒーでも飲んでいたかもしれない、ということか」

「ええ」

「ウィルソンは、これまでにもエスコート・サービスを頼んだことがあるんだな？」

「そうらしい」タイモアが答えた。「金目当ての女を近づけないための方法だったんだろう」

「昨夜はどうだった？」マキャスキーはきいた。「どこかの女が話しかけていたのを憶《おぼ》えていないか？」

「ケンドラやキャット・ロックリーとは、すこし話をしていた。キャットはオー議員のスタッフだ。女性下院議員ふたり、上院議員ひとり、ケン・リンクのお嬢さんのジーニー、《ニューヨーク・タイムズ》のウェンディ・フェイエットとも話をしていた。ウェイトレスとも話をしていたが、この女はシロだ。容疑者の女がホテルに行ったころには、まだ後片付けにくわわっていた。では、こっちから質問するよ、マキャスキーさん」

「わかった」

「ロジャーズ将軍は、いったいなんで出席していたんだ？」

「わからない」マキャスキーは答えた。「わたしも意外だった。ケンドラにきけばいいじゃないか」

「きいたよ。教えてくれないんだ。新党のUSFでなにかの役割を果たしてもらおうと思っているんじゃないだろうか。そういう可能性は考えられるかな？」

「ありうるだろうね」マキャスキーは答えた。「オフレコだが、ロジャーズはべつの勤め口を捜していると思う」

知っていることを打ち明けないのはずるいという気もした。だが、ロジャーズが辞める話は、ロジャーズ本人かフッドの口から出たほうがいい。信頼は重要だが、忠誠というカードのほうが強い。

「それでは、マキャスキーさん」タイモアがいった。「オプ・センターがこれに関心を抱いている理由は？」

「スコットランド・ヤードの要請で動いている」マキャスキーは教えた。「国際的な機関同士のよくある相互協定による」

「ワシントン市警やＦＢＩではなく、あなたに頼んだのは？」

「ロンドンの連中は、ＦＢＩ時代からの長いつきあいなんだ」マキャスキーは答えた。

「ちょっと頼まれただけだった。まさかこんなことがわかるとは、思っていなかった」

「引用していいかな？」

「オプ・センターの匿名《とくめい》の情報源としてくれ」マキャスキーはいった。

タイモアは承諾した。

マキャスキーは、タイモアが調べた電話番号のリストをもらった。ウィルソンと話をしたことがわかっている女性にはすでに電話した、とタイモアがいったが、マキャスキーはじかに話を聞きたかった。もちろん、全員がウィルソンには会いにいかなかったといっているが、マスコミにはいいたくないことを明かしてくれるかもしれない。

マキャスキーがパーティの客に電話する前に、ロジャーズから電話がかかってきた。

オプ・センターに戻ったところで、これからフッドに会う。いっしょに話ができないか、とロジャーズがマキャスキーにいった。

「いいとも」マキャスキーは答えた。「どうした？」

「ポールの話では、ウィルソンの件を捜査しているそうだな」

「そうだが――」

「その話がしたい」ロジャーズがだしぬけにいった。「地雷原になるかもしれない」

ロジャーズは、それ以上くわしくはいわなかった。警告なのか脅しなのか、マキャスキーにはよくわからなかった。たしかめるために、長官室へ行った。

ロジャーズは、マキャスキーのすこし前に来ていた。ロン・プラマーが出てゆくところだった。ロジャーズと後任のプラマーは言葉を交わさず、ファースト・ネームだけで手短に挨拶《あいさつ》しただけだった。それがふたりの沈黙をいやがうえにもきわだたせた。兵士と外交官には共通点がすくないが、ふたりはずっとうまくいっていた。それだけでも悲しいが、なおいっそう悪いのは、事態は悪化すると予想されることだった。

「ロンは引き受けたくないといったよ」マキャスキーがドアを閉めると、フッドはロジャーズに向けていった。「それだけは知っておいてもらいたい」

「引き受けたんでしょう?」ロジャーズがきいた。

「オプ・センターのために」フッドはいった。

「でしょうね。われわれはみんな無私無欲だ」ロジャーズが、腕をぎゅっと組み、マキャスキーの顔を見た。ふたりとも立ったままだった。「きみはどこのために働いている? スコットランド・ヤードか?」

「嫌味はやめてくれ、マイク」マキャスキーはいった。「事情は知っているだろう。われわれはおたがいに援《たす》け合っている」

「そうかね?」ロジャーズはまわりを見た。「きみらが投げた命綱が見当たらないが」

けさ顔を合わせたときのロジャーズとは、別人のようだった。起きたことを考える時間があり、不愉快になってきたのだろう。

「マイク、わたしが決めたことだ」フッドはいった。「どこを削るか、どういう異動をするか、だれを救うか。いいたいことがあれば、わたしにいえ」

「そんな単純なことじゃない、ポール」ロジャーズがいった。「わたしはオーの新政党のポジションをオファーされた。この捜査の手順が、われわれに害を及ぼしかねない。そちらにも」

「よくわからないが」マキャスキーはいった。

「オプ・センターが関与しているのを、大衆はご都合主義だと見るだろう」ロジャーズがいった。「オプ・センターはダウンサイジングされた。そこの長官は、任務をおおっぴらなやりかたで方向転換しようとしている。削減を撤回させるために」

「そんなことを信じていないことを願うよ」フッドはいった。

「わたしは信じていないが、大衆がそう思う。ふたたびそっちを攻撃するだろう」

「つまり、これはきみがわたしたちに投げている命綱か」マキャスキーはいった。

「そういう部分もある」ロジャーズがいった。「オー上院議員を護《まも》りたいからでもある。ウィルソンの死は、そうでなくても大々的に報じられている。ワシントン市警が捜査している。国民はそれが当然だと思う。オプ・センターも手を出しているというのが知られたら、国際的な陰謀ではないかという噂《うわさ》が立つだろう」

「われわれが関与することで、上のレベルに行ってしまうというんだな」マキャスキーはいった。

「まさにそのとおり。上院議員とその大義が、無用の注目を浴びることになる」

マキャスキーは、ロジャーズのいいたいことを納得した。ウィルソン殺人事件は、すでに社会面と経済面の大きな記事になっている。それがスパイ問題になりかねない。

「マイク、オー議員はウィルソンの死をどう受け止めている？」マキャスキーが質問した。

ロジャーズが、鋭い視線でマキャスキーを壁に釘《くぎ》付けにした。「捜査の一環としてきいているのか？」

「ここで話したことは、よそには漏らさない」マキャスキーは、吐き捨てるように答えた。

「上院議員は、ウィルソンに文句があったわけではない」ロジャーズがいった。「やっこさんのインターネット金融サービスには反対だったが、それとは政治で戦うつもりだった」

「パーティの出席者のだれかが犯人だというようなことを、オー上院議員は考えているのか？」マキャスキーはなおもきいた。

「わたしにはわからない」ロジャーズは答えた。「パーティでは、なにも異変はなかった」

「パーティにいたとは知らなかった」フッドがいった。ほんとうに驚いているようだった。

「顔見せと挨拶のために来てほしいといわれた。仕事のオファーがあったのは、そのあとです」ロジャーズがいった。

「どうも気まずそうにしていると思ったよ」フッドはいった。「きみはどこのチームでも優秀な人材になるだろう。しかし、これは中止できない」

「どうして？　警察の仕事でしょう」

「われわれは、ワシントン市警と情報を共有するし、数日後には、作業の大部分を向こうに任せる。だって、そうせざるをえないじゃないか。ダレルにはほかの仕事が山ほどあるんだ。だが、われわれはスコットランド・ヤードに頼まれた。ダレルが証拠を見つけた。いいも悪いも、すこしは追跡調査をやらないと、われわれはロンドンと世間に顔向けできない」

「さもないと？」

「ここでやめれば、重要な同盟関係が傷つく。そうなったらわれわれは困る」フッドはいった。「前にも増して、外国での偵察をアウトソーシングしなければならないんだから」

「深入りすればするほど、抜けられなくなることも、認識しておくべきです」ロジャーズがいった。「警察との縄張り争いが起きるだろうし、そうなったら、途中でやめた場合、軟弱だと見られる。それなら最初からやらなければいいのにと、国民に思われる。われわれの稼業《かぎょう》に特有の持ちつ持たれつの関係など、国民には理解できない。スタンドプレイだと思われる」

「そうかもしれない」フッドはいった。「その中間があるだろう。そこを模索する」

「揉《も》めるのを最小限にして、みんなが満足する方法が、ひとつあるかもしれない」マキャスキーはいった。「マイク、オー上院議員は、わたしに会ってくれるくらい太っ腹だろうか？」

「わからない。なんのためだ？」

「善意を示してもらうためだよ。会えば、オプ・センターが捜査に関わるのを認めることになる。そうすれば、こっちは大衆の受けがよくなるかもしれない。わたしはマスコミとスコットランド・ヤードに、オー議員に会ったが、非難すべきところはこれっぽっちもない——現にそうだとしての話だが——今後の捜査は本筋どおり警察に任せたい、といえる。そのあとも、スコットランド・ヤードの目と耳はつとめるが、距離を置く」

「上院議員は納得してくれるだろうが、腹心のリンク提督はおさまらないだろうな」ロジャーズがいった。

「なぜ？」フッドはきいた。

「提督は、今回の一件全体が、われわれの――いや、そちらの――予算削減を撤回させるための策謀だと、あからさまに非難している。オプ・センターが注目を浴びるための手段だと見ている」

「リンクがショウを牛耳っているのか？」フッドはきいた。

「いいえ」ロジャーズが答えた。「しかし、リンクは永年ＣＩＡにいたし、よけいな報復を煽《あお》るようなことはしないほうがいいでしょうね」

「リンクがわれわれに含むところがあるのなら、オー議員に会ってもむだだな」マキャスキーはいった。

「かもしれない」ロジャーズがいった。「追い詰められるのが好きな人間ではなさそうだ」

「だれだってそうだ」

「リンクには追い詰められないようにする影響力と資源がある、といいたいんだよ」と、ロジャーズが応じた。

「それは潜在的な問題だ」フッドは認めた。「しかし、われわれはもう関与している。そっちは現実の問題だ」

「オー議員が容疑者だと見られないようにするには、どういうやりかたをする？」

「オー議員本人の言動については質問せず、見聞きしたことだけをきく」マキャスキーはいった。「向こうが会見を望んだことにしてもいい。そうすれば、熱心に協力していると見られるだろう」

ロジャーズは、その提案をしばし考えていた。「電話してみよう」ややあってそういった。「オー議員は〈ナイトライン〉に出ると、キャットがいっていた。こういうことを発表するいい場になるかもしれない」

「だれもが得をするだろう」マキャスキーも同意した。

ロジャーズは断りをいって出ていった。フッドとマキャスキーは、ほっと息をついた。

「なんだか……妙な感じだ」マキャスキーは、もっといい言葉を捜そうとしたが、見つからなかった。

「そうだな」

「われわれは敵味方になったんでしょうか」

「そうは思わなかった」フッドはいった。

「そうですかね。ケン・リンクの名前に脅し文句がくっついていたように聞こえましたよ」

「あれは忠告だよ」フッドはいった。「マイクは傷ついているが、オプ・センターのためを思っている。やっこさんが欲しいのは、このわたしの首だけさ」

オプ・センターの業務についてふたりが話し合っているところに、ロジャーズが戻ってきた。アンパイアの判定には不服だが、文句をいわないほうが利口だと思っているキャッチャーのような表情だった。

「オー上院議員とリンク提督の三人で、電話会議をやりました」ロジャーズは、フッドの顔をじっと見つめた。「上院議員は、ダレルと会うのは拒否しましたが、表敬の意味で長官には会ってもいいそうです」

「表敬？」フッドが、大きな声でいった。

「犯罪捜査なんだ。記者会見じゃない」マキャスキーがいった。

「事情聴取を受けているという印象をあたえたくないというのが、上院議員の意向です」ロジャーズが答えた。「事件に関して、フッド長官の質問にはよろこんで応じるが、たいして話すことはない、と上院議員は念を押しましたよ」

「なるほど。わたしが出向けば、問題はただちにオーからこっちにすり替えられる」フッドはいった。「わたし個人が見出しになりたいと思っていると見られ、動機はなんだろうということになる――リンクの思う壺《つぼ》だ――オプ・センターがこの捜査に貢献してきたこと、今後貢献するであろうことが、すべて瓦解《がかい》する」

「マイク、わたしにはどうにも理解できないんだ」マキャスキーがいった。「身のあかしを立ててやって、そのまま引き下がりましょうという話を持っていったのに、オーはどうしてそれを拒むのかね？」

「なにも罪がないからだと思う」ロジャーズがいった。フッドは、デスクに両肘《りょうひじ》を突いていた。掌《てのひら》で目をこすった。「たしかマーク・トウェインがいったのだと思うが、すべての方策に失敗したときには、正しいことをやれ、という言葉がある」顔をあげた。「諸君、われわれにはこれに参加することが正式に認められている。最後までやる正当な理由もある。マイク、上院議員にお礼をいって、捜査が進んだときにそちらの寛大な提案を受け入れるような事態にならないことを願うと伝えてくれ」

ロジャーズは返事をしなかった。マキャスキーの顔を見て、半端《はんぱ》な笑みを浮かべ、出ていった。

「〝妙な感じ〟じゃないですよ」ロジャーズがいなくなると、マキャスキーはいった。「心配になってきた。バリケードの向こうとこっちで、われわれは最後にはどういうことになるんでしょうね？」

「どうしてバリケードができたかどうかもわからない」フッドはいった。

「まったく、ウィルソンの舌の注射針の跡を無視すりゃよかった」

「とんでもない！」フッドの声には、かすかな怒りがにじんでいた。「それでは心配になるどころじゃないぞ、ダレル。正義を貫くのがまちがっていると見られるようになったら、全員で職務を返上する潮時だ」

マキャスキーは、それには反論できなかった。ただ、崇高な目的であれば、そこへの道のりはそれほど気高くなくてもよいという考えに承服できないだけだった。旧友との戦争をはじめることなどできない。

17

月曜日　午後七時二十二分
ワシントンDC

こんなふうになるはずではなかった。ウィリアム・ウィルソンの死は、一日か二日報じられただけで、忘れ去られるはずだった。殺人ではなく、心臓麻痺《まひ》として片付けられるはずだった。それがいまも問題になっているため、女は主眼を変更せざるをえなくなった。

前のときとおなじ服を着たが、鍔《つば》の広い帽子ではなく、スカーフをかぶった。オードリー・ヘップバーンがよくかけていたような、馬鹿《ばか》でかい濃いサングラスをかける。おしゃれな女性は、夜でもサングラスをかける。ウェスト・エンドの高級な界隈《かいわい》、MストリートNWにある、モナークというおしゃれなホテルへ行った。ホテルに背を向けて、中庭の噴水のそばに座り、足をおろして、ハンドバッグとポケットティッシュを膝《ひざ》に置いた。死んだ父親のことを考えた。そうすると、自然と涙が出る。ティッシュ一枚で涙を拭《ふ》き、もう一度泣く練習をした。それから、泣くのをやめて待った。心配はいらない、なにもかも完璧《かんぺき》に進む、と自分にいい聞かせた。

白いストレッチ・リムジンがとまった。男女連れがおりてきた。彼女はそちらには目もくれなかった。向こうもこっちを見なかった。数分後、一台の車がとまって、男ふたりがおりた。ひとりが、声をかけてきた。レコード産業のロビイストだった。まずまずだが、やってみる価値はない。女は泣かなかった。話の相手はしなかった。

三台目は、黒いストレッチ・リムジンだった。銀髪の紳士が、若い部下をしたがえておりた。六十ぐらいで、アルマーニのスーツを着ている。結婚指輪をして、日に焼けていた。陽光が降り注ぐ地域で暮らしているのだろう。長身の引き締まった体つきで、ジムなどで鍛えているとわかる。

女はめそめそ泣きはじめた。銀髪の男が、ちらりと目を向けて、シャツのカフスをひっぱり、部下に断りをいって、近づいてきた。

「どうかしましたか、お嬢さん？」男がたずねた。

南部なまり。最南部諸州のどこか。男が女の肩に触れた。女はその手を見てから、男のほうを見あげた。手はやわらかいようだが、親指の付け根あたりがすりむけている。ゴルフの手袋か、グリップが強すぎるせいだろう。カフスボタンには一カラットの透明なダイヤモンドが三つ輝いていて、ロレックスの時計をはめている。

「ありがとうございます。でも、ご迷惑をかけたくないし」女はいった。

「かわいいお嬢さんを泣きやませるのは、迷惑などではないよ」男が答えた。

女が笑顔を見せた。「やさしいんですね。でも、ほんとうにだいじょうぶ。すぐにだれかが夫をこらしめてくれるわ」

「わたしたちの故郷では、女性の名誉のために尽くすのは、男の責任であるだけではなく、光栄でもあるんですよ。どういうことでお困りなのか、きいてもいいですか？　力になれるかもしれない」

「お友だちとお酒を飲むために、ここに来たんです。こうして座っていたら、夫が同僚とやってくるのが見えて。すごくいちゃいちゃしてるの。会議に行っているという話だったんですよ。わたしには気がつきもしなかった」女はまた泣き出した。

男がハンカチを渡した。モノグラムがはいっている。「お名前をきいてもいいですか？」

「ボニー」女は答えた。

「なんてすてきな名前なんだ」男はいった。「わたしはロバート・ローレス。友人にはボブです。よろしければ、もうちょっとお話ししませんか」

「ローレスさん――」

「ボブでいいです」男がそっといった。

「ボブ。ご親切には感謝しますけど、しばらくここにいてから家に帰ります」

「そんなひどい男のところへ？」

「いまはしかたないわ。あすの朝にでも、彼を転勤させるように手をまわしてみます」

「わたしもこの街にコネがないわけじゃない」ボブが、女の肩をそっと叩《たた》いた。「力を貸せるかもしれない。もしよければ、ふたりで一杯やりましょう」

女が激しく首をふった。「だめよ！　あの人がまだいるわ。顔を合わせたくないし
――」

「それじゃ、わたしのスイートでどうです」ボブがいった。「紳士らしくふるまいますから」

女が、目頭をティッシュで拭《ぬぐ》ってから、ボブの顔を見た。「それじゃ……家には帰りたくないし、寒くなってきたから」

「噴水のそばにいるとね」ボブがにっこり笑って教えた。「しぶきがかかって肩が濡《ぬ》れている。ジャケットを乾かしましょう」

女は笑みを返した。「そうね、ローレスさん――ボブ。ありがとう。よろこんで一杯ごいっしょしますわ」

ボブが部下のところにひきかえし、話を終えた。部下がリムジンに乗って去ると、戻ってきた。女に腕を貸した。女はサングラスをかけ――目が赤いのを見られたくない、と説明して――ふたりは歩き出した。二分とたたないうちに、ボブ・ローレスのペント

ハウスのスイートにはいっていた。

ふたりは居間に腰をおろし、ミニバーから飲み物を出した。女の濡れたジャケットを、ボブが脱がせた。べつの椅子《いす》に腰掛けたが、その椅子を引き寄せた。お仕事はなに、と女がたずねた。キャロライナでも最大手の不動産会社を経営している、とボブが答えた。優遇税制を求めてロビー活動をするために、ワシントンDCによく来る。アメリカの企業がメキシコやアジアへ移ってしまわないようにするためだ、と。

女は気の毒になった。妻がいるのにあまりかまっていないようなのはべつとして、ボブ・ローレスは好みの男だった。だが、こうしてここに来たからには、殺すしかない。

話をしながら、ボブが体を寄せ、淡いブルーの目でじっと見つめた。その〝紳士らしい〟ふるまいに、女は泣き出すという反応を示し、手を握って、ボブが腕をまわすのを許した。濡れた頰にボブがキスをする。女は向きを変えてボブの首にしがみつき、首のうしろに両手をまわした。長めの髪に女がひろげた手を差し入れると、ボブは女の首にキスを浴びせた。体を離さないようにして女がすっと椅子を離れ、ボブにしがみついたまま身をかがめた。

ボブは座ったままで、女は立っていた。女は唇をボブの耳に押しつけてキスをつづけながら、手を放して、ボブの横にまわった。

「あなたってすてきなひと、ボブ・ローレス」女はささやきながら、ボブのうしろに移動した。

「きみもきれいだ」ボブが答えた。「こんな仕打ちをうけていいようなひとじゃない」

「やさしいのね。ほんとうに親切だわ」

泣きやむところだというしるしに、鼻をすすりあげた。そして、右腕をボブの喉《のど》にまわした。指先で喉首をなぞるようにして左へと動かし、前腕が喉を横切るような形にした。

「首も肩もしっかりしているのね」

「ゴルフやテニスをいっぱいやっているからだよ」ボブが答えた。「トレーナーをつけてジムでも鍛えている」

「だからこんなにいい体なのね」上半身を眺めまわした。「肩幅が広くて、動きがしなやかで、手が力強い」

指が耳にまで届いた。つぎの瞬間、ボブの喉は女の曲げた腕に押さえ込まれていた。

「わたしはアウトドアのスポーツは好きよ」女はいった。「インドアのも好き」

「そう。どういう？」ボブは怪しげなことを想像しているようだった。

突然、女が前腕を自分のほうに力いっぱい引きつけた。ボブが反応する前に、女は左手でボブの左頰を押し、顔を右に向けた。それでよけいに女の腕が喉に食い込んだ。

この絞め技を使うと、瞬時に呼吸ができなくなる。頭に血が行かなくなる。十秒とたたないうちに意識を失うのがふつうだ。その程度なら、喉に痣《あざ》が残らない。ボブ・ローレスは、息ができなくなって声もなく女の腕をひっぱり、もぎ取ろうとした。しばらくのあいだ、ほとんどすり減っていないフェラガモの靴を履いた足をじたばたさせていた。黒光りする靴が、ワイパーみたいに前後に動き、やがて毛足の長い赤紫色のカーペットに落ちた。つぎの瞬間、ボブの肩が落ち、腕の力が抜けて、首が右にまわった。

女は慎重に力を抜いていった。ボブの頭が前に垂れ、呼吸はほとんど聞こえなかった。

「どういうスポーツが好きかって？」女はいった。「自分がルールを決めるスポーツよ」

電気スタンドのほうへ行き、ボブの顔に光が当たるように笠《かさ》を傾けた。それから、そばのコーヒー・テーブルに置いてあったハンドバッグを取る。注射器と、ボブが貸してくれたハンカチを出した。ハンカチでボブの舌をつかんで持ちあげ、下側に注射器を差し込んだ。舌の根の太い血管に針を刺して、塩化カリウム一〇ミリリットルを注射した。それから身を離した。浅かった呼吸がとまるまで、耳を澄ましながら見守った。

ハンカチと注射器をハンドバッグにしまい、ジャケットを取ってくると、ボブのシャツのボタンをひとつはずした。右手をシャツの下に入れて、胸に当てた。心臓は動いていない。離れて立った。

「悪かったわね、ボブ」女はいった。「でも、ご自分が信じている理想を実践しながら死んだんだから、本望でしょう」

ボブは、女のスカーフを取っていた。女はそれを使って、それまでに触れた固い表面――飲み物のグラス、椅子の木の肘掛《ひじか》け――の指紋を拭った。そして、スカーフをかぶった。ハンドバッグから白い手袋を出してはめ、サングラスをかけた。部屋を出て、エレベーターに行くあいだ、ずっと顔を伏せているようにした。エレベーター内の監視カメラには、ジャケットと頭のてっぺんしか写らないはずだ。

昨夜と変わりがない。

もう殺さずにすむことを祈ろう。

18

月曜日　午後八時三十分
ワシントンDC

フッドと話をしたあとで、ダレル・マキャスキーはロジャーズのところに寄った。一杯飲もうと誘ったが、ロジャーズは断わった。オー上院議員の仕事のことを、ひとりで考えなければならない、と答えた。ほんとうは、オプ・センターの人間とは付き合いたくない気分だった。個人的な恨みがあるわけではないが、その場所にも人間にも不忠のにおいが漂っている。それがいずれ消えてくれるといいと思っていた。マキャスキーやハーバートのことは好きだ。しかし、いまはそこから離れていたい。副長官室を片付け、コンピュータの個人的なファイルを消去して記録媒体に保存する作業に、二、三時間かかった。

メリーランド州ベセズダにある牧場の母屋《おもや》風の自宅に帰ったのは、七時半だった。ジャケットを脱ぎ、ソファの肘掛けに置いた。それからリキュールを一杯注いで、小さなダイニング・テーブルに向かって座った。郵便物を見るあいだ、祖父が「飲み薬」と呼んでいたごく少量のサザン・コンフォートを、ちびちびと飲んだ。傷ついた心の底を癒《いや》すには、たしかにちょっとした慰め《ア・リトル・コンフォート》が必要だった。

郵便物はDMや請求書のたぐいばかりで、手紙はなかった。それがふつうだった。いつ手紙をもらったのか、もう憶《おぼ》えていないくらいだ。もっとも、ヴェトナムで手紙を受け取ることに格別の意味があったのを憶えている。ほんものの言葉が、手から手へと渡されて読まれる。自分のだいじな物を手渡したときのように、肩ごしに覗《のぞ》き込み、じかに触れ、いっそう親しさが増す。利息ゼロの特典付きクレジット・カードの案内や近所のショッピング・モールのクーポン券がはいっている封筒をあけるのとは、まったくちがう。

そのとき、手紙とおなじぐらいうれしいことが起きた。キャット・ロックリーから電話がかかってきた。仕事の用事ではなかった。

「お目にかかれなくてごめんなさい」キャットがいった。「きょうは広報のお仕事がやたらと多かったんです。まだ終わっていないけれど。このあと、〈ナイトライン〉があります」

「よくわかっていますよ」ロジャーズはいった。「〈ナイトライン〉は、上院議員に付き添っていくんですか？」

「いいえ。党大会のことで、事務所の外でひとと会う用事があって。上院議員は、法律顧問のデイヴィッド・リコといっしょにいきました。テッド・コッペルがなにを質問するか、リコは心配していて、殺人事件についてはグラウンド・ルールを決めるつもりなんです」

「当然ですね」

「ええ、それで、時間が空いたし、これからいっしょにお仕事をすることになりそうですから、ちょっとお食事か、軽いものでも食べるか、お酒でもどうかと思ったんです」

「ちゃんとした食事だとありがたいですね」ロジャーズは答えた。「ランチを食べるひまがなかった。いまどこですか？」

「車のなか。デラウェア・アヴェニューです」

ロジャーズはちょっと考えた。「〈イークァナクス〉はどうですか？　コネティカット・アヴェニューＮＷ八一八です」

「いいわね」キャットが答えた。「アメリカ料理でしょう」

「それでどうかなと思ったんですよ。三十五分か四十分で行きます」

「バーでウォトカ・マティーニを飲んでいます。将軍が来たころには、二杯目だわね」

「でしょうね」

ロジャーズは電話を切り、飲みかけのグラスを流しに入れると、ソファからジャケットを取り、出発した。キャットからの電話は、サザン・コンフォートよりもずっと心を癒してくれた。チームのひとりという意識を高めさせてくれたし、ましてキャットは中軸のひとりなのだ。結婚しているのか、婚約者がいるのか、つきあっている男がいるのか、あるいは同性愛ではないかどうかすら、知らないことに気づいた。いまはそれよりも仲間意識のほうが大切だった。

ワシントン市内に向かう道路は空《す》いていたし、コネティカット・アヴェニューNWは閑散としていた。三十分ちょうどで着いた。暗いバーは、近くのホワイトハウスのスタッフで混み合い、ワシントンの政財界の実力者の一部も集っている。キャットはカウンターの隅で、すらりとした男好きのする女性と話をしていた。その女性は、左手でビーズの小さなハンドバッグを持ち、右手には赤ワインのグラスがあった。

「マイク、ルーシー・オコナーを紹介するわ」ロジャーズがそちらへ行くと、キャットがいった。バーはやかましく、キャットは声を張りあげなければならなかった。だからワシントンDCでは、何事も秘密にしておけないのだ。

女性がグラスをカウンターに置いた。「よろしく」といって、ロジャーズの手を握った。

「ルーシーは、《アメリカン・スペクテイター》誌の首都政治部記者で、地方局に配信しているラジオ番組も持っているのよ」キャットがいった。「いまは何局？」

「四十七」ルーシーが答えた。

「すごいね」ロジャーズはいった。

「将軍がなさったことにくらべたら、たいしたことありませんわ」

ロジャーズは、片方の肩をゆすった。「おかしな場所に都合のいいときにいただけだよ」

「寡黙《かもく》で控え目。ほんもののヒーローね」ルーシーがいった。「でも、偶然にこうしてお近づきになったんだから、すこしお話を聞かせてくださらない。オプ・センターは任務の見直しでおおわらわなんでしょう？」

「予算に大鉈《おおなた》をふるわれるのが見直しだとしたら、答はイエスだろうね」ロジャーズは答えた。

「予算削減のことは聞きましたけど、ほかの意味できいたんです。ウィルソン事件の捜査のこと」

「おお、ほんとうにこの街の話らしくなってきた」ロジャーズは茶化した。

「なんだって、この街の話よ」ルーシーがいった。

「ウィルソン事件の捜査は偶然の結果なんだ」

ロジャーズは、ルーシーの脇《わき》から身をのばし、サミュエル・アダムズを注文した。しつこくされるのは嫌いだし、ましてジャーナリストにしつこくされるのはもっと嫌いだった。ジャーナリストは、正面玄関から攻撃し、裏口から、そして窓から攻撃して、それでもだめなときは、玄関の階段の下に這《は》いこんで、蛇のように待ち伏せる。

「おふたりはその話をするために会っているの？」ルーシーがきいた。

「ご明察、といいたいけれど、ちがうわ」キャットがきっぱりといった。

ルーシーが眉《まゆ》を寄せた。「まさか純然たる親睦《しんぼく》のためだなんて、いわないでよ」

「いや、じつはそうなんだよ」バーテンダーからビールを受け取りながら、ロジャーズはいった。「わたしはきのうオー議員のパーティに出たんだ。ロックリーさんが会いたいと電話してきたから来たんだよ」

「パーティにはどうして出席なさったの？」

「ただ飯にありつけるからね」ロジャーズは答えた。

ルーシーが、にやりと笑った。「わかったわ、将軍。しつこくするのはやめます。でもね、キャット、なにかニュースがあるんなら、あと三十分余裕があるわ。わたしのウエブサイトに載せられるわよ」

「そうしたら、あなたは特ダネを一番に報じたと威張れるわけだ」ロジャーズはいった。

「レポーターはそうやって偉くなるものなの」ルーシーが応じた。「あなたも経験があるでしょう、キャット？」

キャットは、ルーシーのいうとおりだと認め、特ダネがあれば教えると約束した。ルーシーは、ほかのネタを探すために、カウンターを離れていった。キャットが、スツールのそばに置いてあったショッピングバッグを持った。ロジャーズはキャットをエスコートして、ビールを持ったまま、レストランのあるアトリウムに向かった。

「いまのこと、ごめんなさいね」席につくと、キャットがいった。「彼女、あなたが来るちょっと前に来たものだから、ふり切るひまがなくて。なにになるほど、お気に障《さわ》ったのでなければいいけれど」

「なにになるとは？」

「わたしたちのところで働くのが嫌になる、という意味」キャットはいった。「オプ・センターで働くよりもずっと、接触される機会が多くなるから」

「慣れるのには時間がかかるかもしれないが、なんとかやっていけるだろう」ロジャーズはいった。「ゲーリー・クーパーの役柄をずっとつづけなければならないようだけど」

「そのほうがずっとすてきよ」キャットはいった。

「かもしれない。でも、台本にある台詞《せりふ》は、たったふたつの言葉だけだ。〝ああ〟と〝いや〟だ。それならやれる。それはともかく、この食事は、オコナー記者にいったようなものにしよう。親睦を深めようよ」

「いいわね」といってすぐにキャットが笑みを浮かべた。ロジャーズは、キャットの笑みをはじめて見るような気がした。

「その袋には、なにかおもしろいものがはいっているのかな？」ロジャーズはきいた。

「プレゼントと、わたしのナイキ」キャットはいった。「ヒールのある靴ばかり履いていると疲れるから」

「だろうね。履き替える？　こっちはかまわないよ」

「ここじゃまずいわ。帰るときにする」

「ちょっときいてもいいかな。オー議員のところで働くようになったいきさつは？」

「そうね、さっきの話から察しがついたでしょうけれど、わたしもルーシーみたいな記者だったの。コロンビア大学を出て、《ウォールストリート・ジャーナル》に就職し、ワシントン支局の記者になった」

「ご家族が記者か政治家だったとか？」

「ニューヨーク市警の警察官。両親とも。兄もそうだった。ロックリー家の合言葉は、〝タフ〟よ」

「法執行機関に行けという圧力は？」

「あからさまにはなかったわ」キャットは笑った。「バレエやお人形遊びよりも、格闘技や銃器の安全な取り扱いの話を聞かされるのが、圧力でないとすればだけど。でも、べつに平気だった。警察官一家だったんですもの」

「精神的に安定した家庭だったようだね」

「そうよ」

「それで、ジャーナリズムに進もうと思ったきっかけは？」

「家族がほかに熱心だったのは、テレビのニュースを見ることだった」キャットはいった。「ローカル・ニュースは、刑事事件ばかり取り扱っていたし、レポーターを見るのがわたしは好きだった。レポーターは、警官や消防士や兵士にくっついて行動する。それで、わたしはビデオカメラで家族やその知り合いを対象に、ニュース番組をこしらえたの。それが楽しくて、そのまま仕事になったわけ」

ウェイターが来たので、ふたりはしばしメニューを眺めた。アペタイザーをいくつか頼んでシェアすることにした。

「なるほど」ロジャーズは、話を再開した。「《ウォールストリート・ジャーナル》からそのままオー議員の広報官になったのかな？」

「そんなふうなものね。テレビ局も狙《ねら》ったんだけど、コネと牙《きば》の両方がなかったから。わたしにあったのは、ニュースを報じたいという熱意だけ。父親とオー議員が、古い知り合いなの。オー議員の前の選挙運動を取材したとき、仕事をオファーされた。情実ではないといわれたわ。きみには〝素質〟がある、と」

「わたしもそう思う」ロジャーズはいった。

「そうかもしれない」キャットは肩をすくめた。「なにはともあれ、将来のためにテレビのコネはできたわ」

「頭がいいな。なにもかも予想していたみたいだ」

「そんなことはないのよ。こういう目につく仕事ではね、自分の言葉だけじゃなくて、ボスのいうことにまで気をつけないといけないの」バーのほうを手で示した。「さっき見たと思うけど、いつでも自分の発言を検閲しているようなものだし、プライバシーなんてありはしないわ。それも程度の問題よね。こんなになってしまったのは嫌だった」

「分身をつくるといいかもしれない」ロジャーズはいった。「ウィッグやサングラスを買って、黒っぽい口紅をつける」

「持ってるわよ」キャットは笑った。「それはわたしの〝ゴス〟な面」

「なんだって？」

「ゴス。ゴシック。ほら――ヴァンパイア、黒いレース、革、やすりで歯を尖《とが》らしたり、肌を青白く染めたり」

「そんなことが流行《はや》っているのか？」

キャットはうなずいた。「サブカルチャーとして、かなり大きいし、ひろがっているわ」

「ぜんぜん知らなかった」

二十年ほどの年の差を、ロジャーズはにわかに意識した。ロックグループのＫＩＳＳはやりすぎだと、いまだに思っている。それと同時に、オー議員に対する敬意は強まった。オーはもっと年配なのに、スタッフに奇抜な発想を持ち込むかもしれない二十代の若手を、あえて雇っている。もっとも、ヴァンパイアの票まで取り込む可能性があるのかと思うと、なんだか変な気分になった。

「おかしいわね」料理が来ると、キャットがいった。「ジャーナリストはわたしのほうなのに、あなたばかり質問している」

「こっちはきみの身上調書を見られないからね」ロジャーズは指摘した。

「やられた」キャットがまたにこにこ笑った。

ふたりは、ロジャーズのことと、全国キャンペーンを張る際の問題点について、しばらく話し合った。率直で知的なおしゃべりだった。これがオーの作戦なのかどうか、ロジャーズにはわからなかったが、食事が終わるころには、仕事を引き受けようと決めていた。

コーヒーを飲んでいるあいだに、ルーシー・オコナーが近づいてきた。混雑したレストランを抜けて、ふたりのテーブルにまっすぐ向かうあいだ、ルーシーはパームパイロットにメモを入力していた。そばに来ると、ルーシーが期待を込めた目をキャットに据えた。

「また殺人があった」息を殺してささやいた。

「だれが？」キャットが、ひどく驚いたようすを見せた。レポーターと話をするのにうんざりしていたのかもしれない。

「南部の大物不動産業者で、名前はロバート・ローレス」ルーシーが、パームパイロットを見ながらいった。「女が部屋に行った――今回はモナーク・ホテル――それで、何分かして帰った。部屋にいるあいだに、舌の付け根に注射した。ウィルソンとローレスのちがいは、今回、殺人容疑者が被害者といっしょに部屋にあがったことよ」

「監視カメラはなにを捉《とら》えていた？」ロジャーズはきいた。

「きのうとおなじ」ルーシーが答えた。「女は顔を隠していた。今回はスカーフとサングラスで」

「あなたはどうしてそれを知ったの？」

「ホテルの警備担当者が、エレベーターに乗っている女の映像を見て、怪しいと思い、ローレス氏の部屋を調べたの。わたしはバーでコンピュータをネットに接続していたときに、騒ぎを聞いたの」

「でも、女は捕まっていないのね」キャットはいった。

「タッチの差で逃がしたのよ。女はロビーにおりないで、中二階に出て、脇の出入口から出ていったの。でも、朗報もあるわ。あなたがたのパーティからスポットライトがそれた。ローレスは招待されていなかったから」

キャットは時計を見て、席をはずした。表に出て上院議員に電話する、といった。番組の録画前に報《しら》せておかなければならない。「借りができたわね」とルーシーにいって、キャットは立ちあがった。

「上院議員のコメントがほしいわ」ルーシーがいった。

テーブルを離れながら、キャットがうなずいた。ルーシーが笑みを返し、ロジャーズの向かいの席に座った。三十代のはじめとおぼしいルーシーは、ブロンドの髪をショートにして、肌が白く、赤い唇が薄く、貪欲《どんよく》な表情をしていた。

ワシントンDCには、ありとあらゆる種類のヴァンパイアがいる。

「そこにいたとは、好運《ラッキー》だった」ロジャーズはいった。

「わたしのミドル・ネームは、ケイなの」ルーシーがいった。「ルーシーとつなげると、ラッキーとも読めるでしょう。そういうふうに両親が考えてくれたのよ」

「気が利《き》いているね」

「それでね、将軍」ルーシーがいった。「オプ・センターが段階的に廃止されるという噂《うわさ》はどうなの？」

「情報機関の予算配分には浮き沈みがあってね」ロジャーズはいった。「オプ・センターの場合は、五年前に急増し、いまは削減されている。それでも、彼らが発足した当時よりはたっぷりした予算だ」

〝いや〟という返事よりはずっと長い。ロジャーズは満悦した——だが、それもつかのまだった。

「彼ら？」ルーシーがきき返した。

口を滑らした。もっと用心しないといけない。

「将軍、あなたはオー議員のUSFで働くことになるんでしょう？」ルーシーがたたみかけた。「だから昨夜のパーティに行ったのね？」

「いや」ロジャーズはいった。

「ちがうの」

「ちがう」言葉はレポーターに酸素を供給する。供給を絶てば、そいつらは死ぬ。

「わたし、あなたがたの――彼らの味方なの。力になれる。ネタをいっぱいつかめば、わたしの記事は信憑性《しんぴょうせい》が高まるし、上院議員にも有利な圧力が高まる。それでもわたしに話してもらえることはないの？」

「ない」

ルーシーは、眉を寄せた。パームパイロットのキャリングケースに指を差し入れて、名刺を出した。「話をする気持ちになったら、最初にわたしに連絡して」

ロジャーズは、名刺をシャツのポケットに入れた。慇懃《いんぎん》な笑みを浮かべたが、言葉は発しなかった。

キャットが戻ってきて、殺人事件のことをオー議員は出かけた直後に聞いたそうだと告げた。

「どういう経路で？」ロジャーズはきいた。

「〈ナイトライン〉から。だから、ウィルソンの件はあまり追及しないというために伝えたのよ」

ルーシーが立って、キャットに席を譲った。「ネットに接続して、だれかに先を越される前に、今回の連続殺人犯《シリアル・キラー》の綽名《あだな》をちょっと書いておくわ。いつの日か、実話だと思われるような本の題名になるように」

ルーシーが離れてゆくと、ロジャーズとキャットはコーヒーを飲み終えた。

「めったにない変わった一日の奇妙な終わりかただ」ロジャーズがいった。

「どういうふうに奇妙なの？」

「最初は、オプ・センターが注目を浴びるために証拠をいじることはありえないと否定し、最後には、自分の書いた本を出版社に売り込むためにレポーターが人を殺すことはありうるだろうかと考えている」

キャットは笑った。「ルーシーは攻撃的だけど、人殺しじゃないわよ」

「きのうのパーティには来ていた？」

「ええ。だからバーでわたしのところに来たのよ。最優遇の身分で、ＵＳＦについてのずば抜けた報道をつづけられるように」

「そうしてやるつもり？」

「上院議員に話をする、といっただけ。でも、そうしてあげるでしょうね。さもないと、彼女、殺人鬼になるかも」

キャットが勘定を持つといい張り、ロジャーズは車まで見送った。異性としての緊張感がまったくなかったのは、ロジャーズにとってありがたかった。長い一日だった。〈ナイトライン〉を見てベッドにはいるのが待ち遠しい。

それに、マイク・ロジャーズ少将は、生まれてはじめて、老兵についての例の金言が、悲しいまでに正鵠《せいこく》を射ていることを悟った。

19

月曜日　午後十時五十五分
ワシントンDC

ダレル・マキャスキーは、ベッドに座って本を読みながら、マリアがシャワーを終えるのを待った。マリアは一日ずっとエド・マーチのところで、マレーシア・コネクションの捜査を手伝っていた。マーチが、お礼のしるしにマリアを夕食に誘った。マキャスキーはオーのパーティの来客を調べていて、いっしょに食事できなかった。

マリアがバスルームを出たとたんに、電話が鳴った。ミニー・ヘネピン医師からだった。

「警察が、べつのホテル殺人事件の被害者を運んできたの」ヘネピンがいった。「ウィルソン氏とおなじ注射針の跡があった」

「被害者は?」マキャスキーは、本をナイト・テーブルに置き、テレビのリモコンを取って、ローカル・ニュースのチャンネルに合わせた。

「南部のビジネスマン。聞いているのはそれだけ」

「警察は、容疑者の情報をつかんでいるのかな？」

「最初の事件とおなじ程度のことしかわかっていないらしい」

「先生、連絡してくださってありがとう」マキャスキーは礼をいった。

マリアが、夫のそばに横たわった。マキャスキーはマリアにキスをして、抱き寄せたまま、携帯電話にメッセージが残っていないかを調べた。受けそこねた電話はなかった。オプ・センターの自分の電話にもかけたが、やはりメッセージはなかった。そうなると、つぎに打つ手が、きわめて難しくなる。

ロバート・ローレスというビジネスマンの死は、トップ・ニュースになっていた。ローレスの部下の話を聞き、監視カメラが写した中二階に現われた女の映像を見た。カメラには顔を向けないように注意している。

「きみの勘では、これをどう見る？」マキャスキーは、マリアにたずねた。

「女はプロフェッショナルね」

「そうだな。エスコート・サービスの女が逆上して襲いかかったわけではない」

「だけど、どういう人間なら、注射器やその薬品を手に入れられるの？」

「塩化カリウムは、化学薬品メーカーにあるし、注射器も簡単に手にはいる」

「パーティの客の線からは、なにかわかった？」

「隠蔽《いんぺい》工作をやっていないとしたら、全員にアリバイがある」

しゃべっているあいだに、電話が鳴った。マキャスキーはテレビの音を消して、発信者のIDを見た。フッドからだった。

「聞いたと思うが」フッドがいった。

「ええ」マキャスキーは答えた。

マリアがリモコンを取って、テレビの音を出した。マキャスキーは、聞きやすいように片方の耳に指を突っ込んだ。

「冷酷なことをいうようだが、これはわれわれにどういう影響がある?」フッドがきいた。

「いまそれを考えていたんですが、三つの方面ですべて負けるという状況ですね」マキャスキーはいった。「ワシントン市警は、こちらの意見を聞くための電話をかけてこなかった。こっちがごり押しすれば、攻撃的だと見られる。黙っていたら、弱腰に見られる。独自に調査すれば、孤立し、独断的と見られる」

「きちんと挨拶《あいさつ》して退場すれば?」

「逃げ出すのが最善の策ですね。スコットランド・ヤードは文句をいうでしょうが、だれも聞きやしないでしょう。あとは、どういう口実をこじつけるかです」

マリアが、マキャスキーの脇《わき》をつついた。「逃げられないわよ」

マキャスキーは眉《まゆ》をひそめた。

「警察よりもあなたたちのほうが、容疑者の女を見つけられる可能性が高いもの」マリアがなおもいった。

「長官、ちょっと待ってください」マキャスキーは、マリアのほうを向いた。「われわれに見つけられるという根拠は？」

「この女は殺人鬼ではなくて、刺客よ」

「裕福かもしれないがそんなに重要ではないローレスみたいなやつを狙《ねら》う刺客が、どこにいる？」

「でしょう」

「わからないな」

「ウィリアム・ウィルソン殺害とはちがって、今回の殺人はあとから思いついたものよ」マリアはいった。「ウィルソンは邪魔だったから、自然死に見せかけて殺すことができるような有能な殺し屋を雇った。殺人事件にはしたくなかった。そうでなかったら、狙撃手《スナイパー》を雇ってラファイエット・パークで撃ち殺してもよかったわけでしょう。あなたにその筋書きをぶち壊されたため、べつの人間を狙わざるをえなくなった。ウィルソンは、注射器を使って金持ちのビジネスマンばかりを殺すシリアル・キラーの最初の目につく餌食《えじき》だったと思わせるためにね。それでたまたまローレスが選ばれたわけよ」

「ローレスが気まぐれに選ばれたと思う根拠は？」

「殺すときの接近のしかたが、まったくちがうでしょう」元インターポール捜査官のマリアは、自分の推理を説明した。「ウィルソンにはボディガードがいた。警備をすり抜け、ボディガードを遠ざけておくために、女はセックスの相手を装《よそお》う必要があった。著名人のセックスの相手ともなれば、ホテルの職員もできるだけ見て見ぬふりをする。女がホテルに来て、ウィルソンとやることをやる、帰ってゆく――あまり目につかない。今夜はまったくちがっていた。事情聴取をよく聞いて」テレビを指差した。「べつの男も女に話しかけたけど、女は顔もあげなかった。ローレスの部下も目を向けたけれど、顔が見えないようにしていたそうよ。じつに用心深い女だわ」

「なるほど。被害者を殺すために待ち構えていたから、顔を見られたくなかったとも考えられる」

「ちがう。殺したあと、女は中二階でエレベーターをおりている。どうすれば目につかないように出られるか、ホテルを下見していたのよ。それだけ念を入れているのに、なぜ表に出て待ち構えて、姿を見られるような危険を冒したのかしら？　最初からローレスがターゲットだったなら、妻や娘のふりをして部屋にはいることもできたでしょう。客室清掃係を襲ってマスターキイを奪ってもよかった。ローレスが部屋にはいるのを待って、ドアをノックするという手もある。若い女性だったら、つい入れてしまうでしょう？　塩酸を錠前に注入して溶かすこともできる。そういったやりかたのほうがずっと安全なはずだけど、この刺客は、もともとローレスがターゲットだとわかってはいなかったから、それができなかった。ローレスと話をしてようやく、かなり成功している人物だから自分の——もしくはその雇い主の——創《つく》りあげたシリアル・キラーというモチーフに一致するとわかったわけよ。ホテルにひとりで泊まっていることも含めてね」

マリアがいったことをすべて頭のなかで処理するあいだ、マキャスキーは沈黙していた。「二度目の殺人をパターンと見せかけたこと自体が、最初の殺人の独自性を強調している、ということだな」

「わたしはそう推理しているの」と、マリアはいった。

「考えられるな」かなり長い間を置いて、マキャスキーはつぶやいた。「くそ、ほんとうにありうる。ブラボー、恋人よ」

マリアが笑みを向けた。

「長官、聞いていましたか？」

「ああ、聞いた、ダレル。いま頭のなかで整理しているところだ」フッドが答えた。

「とにかく、マリアにお手柄だといってくれ」

「ありがとう！」夫の腕に抱かれたまま、マリアがいった。

「では、われわれはこの先もずっと関わっていくようだな」フッドがいった。

「これまで以上に深く」マキャスキーが合いの手を入れた。

マリアの説が真相だとすると、犯人は復讐《ふくしゅう》に燃えるエスコート・サービスの女や産業スパイなどではない。FBIがIOS（即興作戦想定）と呼ぶものを彷彿《ほうふつ》させる。IOSとは、急襲チームや偽装潜入工作員やその両方のために入念に組み立てた計画を、事態が急変した際に、すばやく効率的に組み立てなおすことを意味する。

こうした作戦は、昔から、手だれの情報関係者が行なってきた。

20

火曜日　午前七時十三分
ワシントンＤＣ

ポール・フッドは、家に帰ってゆっくり眠り、シャワーを浴びて、ふたたびオプ・センターに戻った。ロン・プラマーと膝詰《ひざづ》めで一日過ごし、オプ・センターの再構築を検討したため、疲れ切っていた。捜査も疲労のもとだった。チェスを一面でやっているだけではなく、いくつもの重なり合った面でやっているようなものだ。スコットランド・ヤードを援《たす》けるために深入りしていることで、ワシントン市警との関係は悪化するかもしれない。市警を相手に妥協すれば、スコットランド・ヤードだけではなく、他の情報機関でも、フッドの評判はがた落ちになるだろう。中核ではない作戦のために経費を使えば、ＣＩＯＣや他の仕事をやるために無理をしているオプ・センター職員に対する、長官としての立場が悪くなる。ある面ではとてつもない難題であり、べつの面では気力がなえ、心身ともに消耗するような仕事だった。

きのうの午後はすさまじい忙しさだったので、フッドはシャロンに電話するひまがなかった。ようやく電話する時間ができたときには、午後十一時になっていた。シャロンはもう眠っているか、ジム・ハントといっしょだろう。どのみち、電話するのは元気なときにしたかった。シャロンが当然の権利と思っていることや、辛辣《しんらつ》な言葉を浴びせられるのに、なんとか耐えるために。

なんとも皮肉なことに、シャロンに電話しようとしていた矢先に、マット・ストールから電話がかかってきた。職員の削減はしかたがないし、メンテナンスや書類仕事や〝兵隊の仕事〟をやるのはかまわない、とマットはいった。ただ、手伝いがひとりほしい。安く雇えるやつが。「下働き《モンキー・ハンズ》」といういいかたをした。

愉快な映像が、フッドの頭に浮かんだ。そういう仕事に雇えるチンパンジーを一匹知っている。

自分の底意地の悪さに、フッドはちょっと失望したが、傷ついた気持ちは消えなかった。シャロンにさえ黙っていれば、べつだん問題はない。

電話をかけると、シャロンは例によってせわしなかった。これから筋トレに行くところだし、遅れるとトレーナーが機嫌をそこねるというのだ——これも新しい生活の一面らしい。フッドが思ったとおり、言葉遣いは丁寧だがよそよそしかった。フッドは早口で伝えた。さもないと、フランクリン・ハントの実務研修の口は見つからなかったといいそうだったからだ。

「マット・ストールのところだ」フッドはいった。「ちょうど合っている仕事ができるだろう。棚卸、ソフトウェアの配信、ハードウェアの更新の通知といったようなことだ」

「助かったわ」シャロンがいった。「ありがとう」

ほんとうに感謝している口ぶりだった。それを聞いて、フッドは嫌な気がした。元夫が新しい愛人に力を貸しているのを、シャロンはよろこんでいる。優秀な兵士が間抜けになってしまう一線がある。それを越えたのだと感じた。

「連絡相手の情報は、電子メールで送ってくれ」しかたがないので、フッドは話をつづけた。「早急に身許《みもと》調査をして、そこからの話になるけど」

「結構よ」シャロンがいった。「フランキーはいい子だから」

「だろうね」フッドは、明るい声でいった。そんなつなぎの言葉しか思いつかなかった。すくなくとも、礼儀にかなった文句は。

子供たちはもう学校に行っているので、心のこもらないさようならで電話は終わった。フッドはしばしば電話機を眺めていた。電話機をぶん殴りたい気持ちだったが、そうはしなかった。敵はその電話機ではない。自分だ。ミスター親身、仲介役、いいやつ。

間抜け。

きのうのダベンポート議員との電話とおなじで、話が終わると、フッドは自分が他人の引き立て役になったように思えてきた。毎度そういうふうにならないことを願った。そんなことにでもなれば、自信をなくす。危機は用心深い人間には屈しないものだ。とはいっても、無鉄砲に突き進んで、合法的な職務ではない領域に深入りするのは避けたかった。

マキャスキーがやってきたときに、その両極端が試練に遭うことになった。マキャスキーは、朝からずっと考えていたことを話すために来た。マリアがざっと描いた人物像に一致する人間が、ただひとりいる。

「ケネス・リンク提督です」マキャスキーはいった。「CIAの特別工作本部長だった。腹の底からヨーロッパを嫌っているし、ウィルソンがどこのホテルに泊まっているかも知っていた」

「いいだろう。リンクがウィルソンの方針を嫌っていたとしよう」フッドはいった。「ウィルソンを取り除いた場合、どういう利益がある?」

「よくわかりません」マキャスキーは認めた。「しかし、その可能性は排除できない」

「道理だな。くわしく説明してくれ」

「イギリスの有名人が、外国でセックスをしたあとに死ぬ」マキャスキーはいった。「フリート街のタブロイド紙が大騒ぎで報じますよ。ウィルソンの死が所有する会社の株価に影響を及ぼした場合、ネットバンキングの新規ベンチャーは打撃を受けるか、おそらくは致命傷をこうむるでしょう。つまり、ウィルソンの死によって、アメリカ経済の潜在的脅威が食い止められる」

「そうだな」フッドは答えた。「しかし、いまの政権もオー議員も、それで得をするわけではない」

「その逆でしょうね」マキャスキーはいった。「オーについての噂《うわさ》が事実だとすると、今後、強力な孤立政策を打ち出し、効果的に売り込むはずです。ウィルソンの死は、オー議員に、ヨーロッパは自己中心的で好色だと攻撃する材料をあたえる。大統領の指名した後継者では、それを攻撃できない」

「われわれとおなじように、大統領には護《まも》らなければならない海外との同盟関係があるからな」

マキャスキーはうなずいた。「オーはそんなことは意に介さない。アメリカの有権者のことしか頭にない」

「それは政敵にとっても関心事だ」フッドは指摘した。「何者かがリンクをはめて、二大政党制への大いなる脅威を取り除こうとしているのかもしれない」

「考えられますね」マキャスキーが認めた。

フッドは首をふった。「ダレル、きみの理論にはひとつだけ難がある。ウィルソンは、生きていようが死のうが、オーにとって都合のいいターゲットに変わりはないということとだ。いや、むしろ生きていたほうが、ヨーロッパ中心のバンキングを進めるウィルソンへの反発から、オーは票を集められるだろう」

「でも、いまはオーの話をしているのではありませんよ」マキャスキーが念を押した。

「リンク提督を問題にしているんです」

「それはわかっているが、やはりどんな利益があるのかが、よくわからないんだ。ウィリアム・ウィルソンを始末して、オーの主張をそこねようとする理由が、どこにある?」

「そいつが大きな疑問なんですよ」マキャスキーはいった。

「オプ・センターがその答を必要としているかどうかも疑問だな」フッドはいった。

「そもそも、スコットランド・ヤードのためにちょっと指を突っ込んだだけだろう。考えれば考えるほど、危機には思えなくなっているんだ」

「危機をどう定義するかによりますね。殺人だとばれたとたんに迅速に動けるひとりもしくは複数の人間がいることがわかっている。つまり、そこには陰謀がある。アメリカ上院議員の事務所がそれにからんでいるかもしれない。もうちょっと調べる時間をくれませんか、長官。ケネス・リンクとオーのスタッフを、もっと綿密に洗ってみたいんです」

「マイクはどうする?」フッドはきいた。「かかわらせるのか?」

「どうしますかねえ」

ふたりとも、頭に浮かぶ当然の疑問を口にしなかった。ロジャーズは、以前のチームと新しいチームのどちらに忠誠なのだろう？　そういう立場に追い込んでしまうのは、フェアといえるだろうか？

いくつもの面があるチェス、とフッドはまたしても思った。

フッドは、リズ・ゴードンの執務室に電話した。まだ出勤していなかったので、出てきたら会いにきてほしいと、メッセージを入れた。緊急にリンクのプロファイリングをやってもらうつもりだった。つぎにコンピュータに向かい、オー上院議員のホームページを見た。スタッフ名簿は政府関係者だけしか閲覧できないようになっている。フッドはオー事務所のスタッフの名前を見ていった。リンク提督はむろん載っていない。リンクはUSFにはくわわっているが、事務所スタッフではないからだ。

「キャサリン・ロックリーとケンドラ・ピーターソンについてわかっていることは？」

フッドはたずねた。

「たいしてありません」マキャスキーは、フッドのほうに身をかがめて、キイボードに自分のパスワードを打ち込み、オーのスタッフに関して調査した自分のファイルをひらいた。

「ロックリーは、オーの事務所にはいる前は、ジャーナリストでした。署名記事や大学の成績を見ました。問題ないですよ。ピーターソンは、ヴェトナム戦争の申し子ですね。父親は海兵隊員で、彼女が子供のころにこっちに来ています。体操選手で、十代のころは全国で一位になったこともありますが、手の腱《けん》の炎症のためにオリンピックに出場できなかった。海兵隊に応募し、腱炎が再発したにもかかわらず精密身体検査に合格し、キャンプ・ペンドルトンでDANTESプログラムに従事」

「それはなにかね？」

「名称ほどおどろおどろしいものではないですよ」マキャスキーは説明した。「〝非在来方式教育支援のための国防活動〟プログラムの略です。優秀な海兵隊員が、民間の仕事につける確率を高めるための、書類仕事ですよ」

「やっていたのは、それだけか？」

「記録にはそれしか載っていません」マキャスキーはいった。「勤務期間が終わると、ピーターソン嬢はDANTESのコネを利用して、駐日アメリカ大使館の書記官の仕事を得ました。要するにスパイですね」

「自分で日本を選んだのか？」

「軍の再雇用斡旋《あっせん》部が提示した仕事だったようです」

「怪しいふしはなにもない」フッドはいった。「オーのスタッフのあとの人間は？」

マキャスキーが、リストの他の人間と、これまで調べたことについて説明した。ことに目を惹《ひ》く人間はいなかった。

フッドは溜息《ためいき》をつき、マキャスキーはデスクをまわって向かいに戻った。「どんなものかな、ダレル。きみはリンクがこういうことを企《たくら》む力があることは証明したが、そんなことをリンクがやりそうな理由は、なにひとつ挙げていない」

「ウィルソンはどうしてパーティに出席したんでしょうね？」

「ニュースによれば、オーの友人たちがウィルソンに接近し、計画を穏和なものにするよう説得するためだったとか」フッドはいった。

「ウィルソンがはめられたという説よりも、そのほうが容易に信じられるでしょうね」

「たしかにそうなんだ。ウィルソンとリンクを結びつける道しるべのパンくずが、まだみつからない。オー議員は裕福だし、とてつもない大金持ちの友人たちがいる。ウィルソンに対抗できるような枠組みを作ることは可能だっただろう。それどころか、それを選挙運動のしっかりした土台にも利用できる。仮に、リンクがなんらかの理由で、オーの選挙運動を妨害しようとして、オーがウィルソン殺害の糸を引いていると思わせようとしたのだとしても、ふたり目のビジネスマンを殺したわけがわからない。ちがうな」フッドはいった。「このふたつは結びついていない」

「ふむ。ウィルソンに死んでもらいたいとリンクが思う原因が、ひとつありますよ」マキャスキーがいった。「オーにとって宣伝になります。有罪ではないかという中傷、そのあとで第二の殺人が起き、晴れて無罪となる」

「考えられるな」

「あるいは、リンクはソシオパスで、秘密工作のスリルが味わえなくなったのが不満だとか。わかるような気がする」

「きみは違法行為を阻止していたんだ。違法行為を使嗾《しそう》していたわけじゃない」と、フッドは指摘した。

「危険は麻薬とおなじで、どんな形で摂取しても、強い刺激がありますよ」マキャスキーはいった。「ねえ、長官、リンクがどうしてこんなことをやるのか、理由はまったくわからないんです。ただ、表には出ていないなにかがあるという勘がするだけで」

「その勘に従って探るのに、どれぐらいかかる？」

「四十八時間では？」

フッドは難しい顔をした。「一日で、どっちに向かうか見きわめてくれ。それ以上は請け合えない」

「いいでしょう」

「マイクのことも、どうするか決めないといけない」フッドはつづけた。「辞職願が出るまでは、ここで働いているわけだからな」

「どう思います？」

「判断が難しい。調べているのがわかったら、自分は信用されていないと思うだろう。しかし、リンクに話す義務があると思うかもしれない。いまはマイクが知らないといい切れるようにしておいたほうがいいだろう」

「みごとな判断ですね。さて、判断といえば、マリアに状況を知らせますよ。なにか名案を聞かせてくれるかもしれない」

「それこそ名案だ」フッドはしばし考えた。「マイクは高潔な男だ。われわれがやっていることが気に入らないかもしれないが、なにか嗅《か》ぎつけたら行動するだろう」

マキャスキーが、にやにや笑った。

「なにかわたしが気づいていないことがあるのか？」フッドはいった。

「笑った理由ですか？　いやね、長官はやっぱりわれわれを見捨てないんだと思って」

「なんのことか、さっぱりわからない」

「〝われわれが〟やっていることが気に入らないかもしれないが、といいましたね」マキャスキーは、出ていきながらそういった。「けっしてよそに責任を転嫁《てんか》しないんですね、長官は」

フッドも、そういうことをやったおぼえはなかった。

マキャスキーが去ると、フッドは電子メールの確認をはじめた。じっとモニターを見つめる。善良で責任感のある男だということで、また激励された。善良で責任感があったら、そもそもこういう地位は引き受けないのではないか。砂漠でとぼしい水を分けるごとくマキャスキーが捜査に割く時間をあたえ、仲良し船シャロン&ジム号の船室係をつとめ、CIOCやウィリアム・ウィルソン事件捜査に対しては、攻勢に出ずに守勢にまわっている。ロサンジェルス市長だったころ、市議会や委員会と戦って引き分けでは、おおいに不満だった。いまでは、手詰まりが心地よく感じられる。

「コン、コン」

フッドは顔をあげた。リズ・ゴードンが戸口に立っていた。ショートにした茶色の髪に三方を囲まれた黒い目が大きく、フクロウみたいに知恵をみなぎらせている。信頼を集めるあけっぴろげな丸顔に、その目はある。

「どうぞ」フッドはいった。

リズがはいってきた。

「ケネス・リンク提督のことを聞いたことがあるかな？　もとCIA工作本部長だが」

フッドはきいた。

「いいえ」リズがいった。「もと？　いまはなにをしているんですか？」

「ドナルド・オー上院議員が新党のUSFを立ちあげるのを手伝っている」

「マイクがこれから働くところですね？」

フッドはくすくす笑った。「オプ・センターの口コミ情報網が予算削減に影響されていなくてよかった」

「このネットワークは、低額で無制限に使用できますのよ」リズが冗談めかしていった。

「オンライン・ニュース速報で見たんだが、オーはいまごろ記者会見をひらいているはずだ」フッドは時計を見た。「リンクはオーの副大統領候補になるらしい。ダレルは、リンクがウィリアム・ウィルソンと、もうひとり――ロバート・ローレスの死にかかわりがあると考えている。早急にざっとプロファイリングしてくれないか」

「ええ。でも、いまだいたいのことはいえるとおもいますよ。リンクは秘密工作にどれぐらいの期間、携わっていたんですか？」

フッドはファイルを見た。「十二年」

「かなり長いですね。その仕事から、そのままいまの仕事に移ったんですか？」

「ブランクは数カ月だな」

「典型的な例ですね。元大統領、退役将軍、元クォーターバックやCEOが引退してゴルフ三昧《ざんまい》している話は、どれほど聞きますか？」

「さあ――しかし、いまのわたしは心惹かれるよ」

「まさにそのとおり。圧力釜《がま》のなかみたいな状況で、高性能のチームを指揮していたひとたちは、そのうちに黒焦《こ》げになってしまいます」リズがいった。「二度とおなじようなことはやりたがらない。リンクがやめたのだとしたら、あっさりと再開する可能性は低いでしょう。ふたつの殺人が、彼にとって緊急を要するものではなかったとしたら？」

「ウィルソンでなければならず、いまでなければならなかったかどうか、という意味だな？」

リズがうなずいた。

「わからない。情報畑をしりぞいたリンクが、危険を味わえなくてつまらないと思っていることは考えられるか？　ダレルは、その線も重視しているんだが」

「ＣＩＡでカーテンの蔭《かげ》に隠れて動いていたのが、全国的な政治運動の檜《ひのき》舞台に出たんですから、それ自体が大きなリスクですよ」リズがいった。「となると、Ｘ要素が浮上する」

「というのは？」

「公認候補者は、マスコミや大衆に細かく吟味されます。オーもリンクも、そうした目や指が探るのをコントロールできない。物事を牛耳ってきた人間は、自分が慣れている土壌で安心するために、コントロールできる副業を用意するかもしれない」

「ここまで大胆なことをするかな？」

「まあ——その度合いは未知です」リズは説明した。「リンクのファイルを検討しないといけませんが、あまり期待はしていません。二重殺人は、そうした活動を奨励しないまでも容認していた組織から転身したばかりの人間にしては、いささか行き過ぎのように思えます」

ファイルを電子メールで送る、とフッドはいった。出てゆく前に、リズはフッドにだいじょうぶですかとたずねた。

「ああ、どうして？」答はわかっていたが、フッドはきいた。

「マイクとの行き掛かり」リズが答えた。

「楽じゃなかった」フッドは正直にいった。「しかし、雇ったり馘《くび》にしたりというのは、仕事の一環だからね」

「新しい同僚を調べられているのを、マイクは知っているんですか？」

「いや、とにかくだれも教えていない。どう憶測しているか、疑っているかは、わからないが」

「つまり、ここはコントロールされているんですね」

フッドは、アリグザンダーが一年生のときに作った文鎮を手にした。地球を象《かたど》ったつもりで、粘土の塊に白と青の釉《うわぐすり》が塗ってある。フッドはそれを手に握った。「わたしは世界を掌中にしているんだ、リズ」

「アトラスのごとく」

「アトラスは地球を背負っていたんだ」フッドは指摘した。

「アトラスのごとく」リズがくりかえした。

フッドは、ちょっと考えてから、頬をゆるめた。図星を指された。文鎮を置いた。

「人生と仕事が平行に逆方向に進んでいるように思えるとき、きみならどうする？」

「時と場合によるわ」リズは答えて、ドアを閉めた。「辛抱強ければ、その地球を動きまわっているのとおなじ。旅のあいだに学べることを学び、景色を楽しみ、そのうちにもとの場所に戻る」

「燃料が切れたように思えるときは？」

「風に乗る」

「そうやってきたんだ」フッドは打ち明けた。

「それで？」リズはデスクの前に戻った。「話してみてください」

フッドは口ごもった。こういうのは苦手だ。愚痴をこぼしたり、援《たす》けを求めるのは、性に合わない。だが、リズは異状を察したにちがいない。リズには、全員の心理ファイルをそろえておく責任があるし、つねにアンテナを立てている。オプ・センターで決定されることは、無数の人々に影響を及ぼす可能性がある。対象が専門職であろうと一般職であろうと、ストレスがかかりすぎているとリズが判断した場合には、休養するよう命じることができる。インドでストライカー・チームが全滅に近い打撃を受けたあと、じっさいにロジャーズにそう命じている。

「正直にいえというんだね、リズ？」フッドはいった。「その風が四方八方からこっちへ吹いてきて、自分がいなければならない場所から吹き流されてしまったという気がする」

「自分がいなければならない場所とは？」

「こういうことをやっていないということだ。職員を削減したり、任務から撤退したり、ぺこぺこしたり」

「それはマイナスのスペースですね」偏《かたよ》りのない慎重な言葉遣いで、リズはいった。「するべきではない事柄をもとにして、するべき事柄を定義することはできませんよ」

目と目がおなじ高さになるように、デスクの上に乗り出した。「まず教えてください。いまいっているのは、家庭のことですか、それともオプ・センターのこと？」

「両方だ」フッドは認めた。

「つまり、ふたつの領域でずるずる滑り落ちていると感じているんですね」

「ああ。おなじ速度で、しかも勢いを増しながら」

「シャロンとよりを戻したいんですか？」

「いや」フッドは即座に答えた。

「彼女が生活をまとめかけているのが気に食わない？」

リズは、ハーレーのセラピストなので、そういう事情を知っているのは当然だった。

「そうじゃない」フッドは正直にいった。

「ぺこぺこしているといったでしょう？　シャロンに対して？」

　フッドはうなずいた。「シャロンに対しても、ＣＩＯＣに対しても、スコットランド・ヤードに対しても。きみに対してもぺこぺこしているような気持ちになっている」

「それなら、わたしに出ていけといえばいい」

　フッドはいいよどんだ。

「滑り落ちるのを留めるには、足をふんばるしかないんですよ」リズはいった。「そうしなさい、ポール」

「わかった。以上だ」

「それじゃだめ。終わりにならない。中途半端《はんぱ》よ」

「ちがいがわからないんだが」フッドは白状した。

「わたしはここにいるでしょう。まだしゃべっているじゃないの」

　フッドはにやにや笑った。「出ていけ！」語気鋭くいった。「たったいま」とつけくわえた。

　リズは笑みを浮かべた。「もうひとついい？」

　罠《わな》なのかどうか、フッドにはわからなかった。「ひとつだけだ」きっぱりといった。

「みんな方向性を見失って、逃げにかかっているのよ」リズはいった。「シャロンもそうだし、インテリジェンス・コミュニティも、国も。押しのけられても、それは個人的な恨みからじゃない——恐怖や、新しく作り変えないといけないという意識があるからよ」

内線電話が鳴った。バグズ・ベネットからだった。

リズが向きを変えて、出ていこうとした。「押し戻すのを怖れてはいけないわ。内側への攻撃よりは、外部への攻撃のほうがいい」

「それが戦争を引き起こすんじゃないのか」フッドがきいたとき、また内線電話が鳴った。

「ちがう」リズはいった。「お茶がきっかけの独立戦争はどうだった？　奴隷《どれい》制度がきっかけの南北戦争はどうだった？」

「それは一部——」

「当たり。戦争はたったひとつのことでは起きない」リズはいった。「ひとつの物事に取り組まないでいると、それがふたつになり、みっつになり、ついに爆破して、すべてを焼き尽くすのよ」

リズのいうとおりだ。「ありがとう、リズ」フッドは受話器を取った。

「いつでもどうぞ」リズはいった。

感謝のしるしにうなずいてから、フッドは電話に出た。「どうした、バグズ？」

「長官、ホワイトハウスから電話がありました」ベネットがいった。「二時間後に大統領に会いにきてほしいと」

「わけは聞いたか？」

「いいえ」

大統領に呼び出されるのは、これがはじめてではない。しかし、リズの助言の叡智《えいち》に小さな疑問を抱いていたとしても、だれが同席するかをきいたときに、迷いは吹っ切れた。

「ダベンポート議員が来ます」と、ベネットが答えた。

21

火曜日　午前七時三十分
ワシントンDC

ドナルド・オー上院議員は、議事堂のドームを挟むように配されたテキサス州旗とアメリカ国旗を背景に、朝のまぶしい陽光に灰色の目をきらめかせて、大統領選挙立候補を宣言した。二十人ほどの支持者が拍手喝采《かっさい》した。半数ほどの報道陣が、その一瞬を記録していた。

マイク・ロジャーズは、キャット・ロックリーとともに、端のほうに立っていた。オファーを受け入れると早朝に電話したところ、立候補宣言の場にいてくれるとありがたいとオー議員がいっていると、キャットが告げた。招待されてよかったとロジャーズは思った。リンク提督は、支持者たちに交じり、ケンドラ・ピーターソンとともに控え目に佇《たたず》んでいる。ロジャーズやリンクがいることを説明する必要はなかった。キャットが事前に、質疑応答はなしと断わっていた。そういったとき、キャットはルーシー・オコナーの目をまっすぐに見据えていた。ロジャーズは軍服をきておらず、オプ・センター副長官であることを報道陣に気づかれるおそれはなかった。ましてや、国連人質事件やインドでの強襲に関連していた人物だとはわからないはずだ。報道はオプ・センターのことが中心で、ロジャーズが取りあげられたわけではなかった。ロジャーズは、未来のボスが大衆のなかでどういう動きをするかを見極めるために、ここに来ていた。二度のテレビ出演でのオーのふるまいには、たしかに感心した。ロジャーズはふだんどおり、〈イヴニング・ニューズ〉と〈ナイトライン〉をデジタル・レコーダーで録画していた。オー議員は、カメラを利用する達人だった。問題には直截《ちょくせつ》かつ明晰《めいせき》に対応した。しゃべっていないときには、瞼《まぶた》をすこし閉じ、眉《まゆ》をあげ、口をすぼめ、小首を傾《かし》げるといった動作で、自分を主張した。意思伝達の手段としての表情とただのしかめ面《づら》とのちがいを心得ている。

「今回の選挙では、ありきたりの運動は行なわれません」出馬を発表すると、オーはそう断言した。「この運動は創始《インオーギュレイテッド》されます――未来を見据えてこの言葉を使いました（訳注　inauguratedは「大統領に就任する」の意味合いが強い）」派手にウィンクをしながらそういい、支持者たちの拍手を待つあいだ間を置いた。「国家について新しい未来像をそなえた新党の旗印のもとで、創始されるのです。アメリカ第一党は、あらたな独立のために奮闘します」

支持者の声援と力強い拍手が湧《わ》き起こった。

キャットが、ロジャーズのほうに身を傾けた。「それがスローガンなの」

「だろうと思った」ロジャーズは答えた。「いい言葉だね。きみが考えたのかな？」

キャットはうなずき、オーに注意を戻した。

「われわれの独立は、立法機関や特定の利権によって脇《わき》に追いやられていた既存の枠組みに基づいて構築されます。米国憲法と、その第一一〇補正が基本となります。外国は、われわれがこれらの法に情熱を傾けていることを理解しておりません。これらの法が護《まも》っている自由へのわれわれの情熱を理解しておりません。彼らは王や皇帝や軍閥に支配されることに慣れ切っている。アメリカは外国の王を放逐した国です。われわれは他国の命令を肯《がえ》んじません。他国の必要をわれわれの必要より優先させることを、われわれは許さないのです。アメリカの価値観と生活様式を激しく否定するようなグローバリゼーション・プロセスにくわわることは、もはやできません」

また歓声があがり、拳《こぶし》を突きあげるものもいた。共感している連中だから当然だろう。とはいえ、ロジャーズはこの演説に好意を抱いた。アメリカの有権者の大部分もおなじだろう。

「われわれの党は、第一回党大会を、今週、サンディエゴで開催します」オーの演説はなおもつづいた。「USFはありきたりの政党ではないので、党大会も平凡なものではありません。すべてのひとびとに開放されます。参加者すべてに投票権があたえられます。これこそアメリカ流です」

聴衆の賛同の声が、どよめきになった。

ロジャーズは、キャットのほうに身を乗り出した。「コンベンション・センターをいっぱいにする計画があるんだろう。座席数は？　一万ぐらいかな？」

「一万二千」キャットがいった。「テキサスだけでも、バスで四千人来るのよ。コンベンション・センターまで一時間以内のオレンジ郡には、支持者がおおぜいいて――」

「ジョン・ウェインの国か」

「そうよ。わたしたちのスタッフが、サンディエゴまで車で行く自由ドライヴ・キャラヴァンを組織しているの。そっちは三千人ぐらい。もうちょっと小さな集団が全国から来るし、新しいおもしろい行事に参加したいという個人もおおぜいいるでしょう」

「マスコミは、ふつうのひとびとのキャラヴァンが好きだ」ロジャーズはそういった。

キャットが笑みを浮かべた。その名のごとく、猫《キャット》のような笑みだ、とロジャーズは心のなかでつぶやいた。

オーがなおもしゃべっていた。メモを書いたカードをほとんど見ていないことに、ロジャーズはやっと気づいた。手間をかけて演説を暗記したのだ。間合いは、聴衆とのアイ・コンタクトに利用している。

「わたしの故郷である偉大な州の有権者は、党派関係から取り残されていると感じているかもしれません」オーが語を継いだ。「そうしたひとびとに申しあげたい。ラベルが張り替えられただけだ、と。テキサス人はいつでもテキサス人なのです。ドン・オーはいつでもドン・オーです。オーは、働きたい若者や、引退したくない年配者のために戦う闘士です。オーは、国への奉仕やアメリカの産業や経済は尊ばれるべきであると信じています。わたしのことを知らないひとびとには、これから数日、数週間、数カ月のあいだにわれわれが語りかけることに耳を傾けてもらうようお願いします。われわれは権力のことしか考えていない虚栄心の強い政治家とはちがいます。特定の利権集団や特定の利権がからんだ金で動く操り人形でもありません。われわれは誇り高いアメリカ人であり、この国がかつての姿を、この国がなれるであろう姿を、取り戻すことを願っているのです。学者と冒険家の国。食糧と天然資源だけではなく理念のある、恵み深い国。たぐいまれなひとびとにふさわしい、すばらしい新目標の出発点です。金持ちに、幸運に恵まれなかったひとびとに、健康なひとびとに、体の弱いひとびとに、あらゆるひとびとに、正義と平等を分かちあたえるような国です」

「とことん票を集めようとしているね」ロジャーズは、キャットにささやいた。

「そうかもしれないけど、おもねてはいないわ」キャットはいった。「本気なのよ」

「それはわかる」ロジャーズはいった。「それどころか、頼りにできそうだ」本心はもっと進んでいた。乗り気になっていたのだ。オプ・センターとの行き掛かりか、官僚組織や政治全般や国家の主眼がばらばらになっていることへの大きな不満のどちらがきっかけなのかはわからないが、これほどやる気が湧くのは、数年ぶりだった。

「最後に、われわれの海外の友人たちに申しあげたい」オーがいった。「アメリカ合衆国第一すなわちアメリカ合衆国唯一《ゆいいつ》、ではありません。力強く活力のあるアメリカは、世界の成功と繁栄には不可欠であると、われわれは考えています。しかし、われわれの役割は銀行ではなく、灯台だと思います。子守ではなく、道案内人になります。アメリカが松葉杖《づえ》ではなく、強力な揺るぎない土台になってこそ、世界はアメリカの恩恵をこうむるのです。これがわが党の基盤である、わが国の誇り高きひとびとのために築かれたものであります。紳士淑女のみなさん、本日は傾聴ありがとうございました。今後示してくださるであろう心遣いにも、あわせて感謝いたします。みなさまとアメリカ合衆国に神のご加護がありますように」

聴衆の拍手喝采のなか、ケンドラがオーをいざなって演壇と報道陣から遠ざけた。ウィリアム・ウィルソンについての質問が大声で浴びせられたが、黙殺された。敵意のある質問をしたレポーターの名前を、キャットがパームパイロットにメモしていた。ウィルソン事件が問題ではなくなるまで、そのレポーターたちはオー議員の取材を制限されるにちがいない。

リンクが、待っているセダンにすでに向かっていた。ケンドラは黒いリムジンの後部にオー議員を乗せると、となりに座った。二台が走り去ると、ロジャーズはキャットについて、飲み物や軽食が用意されているテーブルへ行った。レポーターたちが来る前にコーヒーを注ぐと、議事堂の裏手の芝生へとゆっくりと歩いていった。

「二大政党の候補者があああいう演説をしたとしたら、大法螺《おおぼら》だの美辞麗句だのといわれるだろうな」ロジャーズはいった。

「オー議員は、そこのところがほかの政治家とはちがうのよ」キャットがいった。「不賛成なの？」

「とんでもない。すばらしい刺激を受けた」

「ほんとう？」

「ああ。ことに年配者も引退すべきではないというところに」

キャットが笑みを浮かべた。「わたしだって、片時も考えたことがないわよ」

「それはそうと、ちょっと不思議に思ったんだが、きみではなくてケンドラが報道陣を防ぐ楯《たて》になったのは、どういうわけかな？」

「オー議員があやって退場したのは、報道陣をシャットアウトするためではなくて、警護のためだと見せかけるためよ」

「納得した」ロジャーズはいった。ただしそれは、イメージに敏感な政界の住人だからと、好意的に解釈した場合だけだ。「それはそうと、ウィルソン事件はどうなったんだ？」

「第二の殺人でプレッシャーが消えたかという意味？　そういう部分もあるけれど、どっちもわたしたちがからんでいると考えているレポーターも、何人かいるわ」

「きみらが殺《や》った、と？」

「そう、そのとおりよ」キャットが、冷ややかに応じた。「なにもかもが殺人事件風の〝ジャックの建てた家〟ね。これがキャットの立てた選挙運動に注意を惹《ひ》くための暗殺をごまかすために不動産業者を殺した犯人を雇った候補者」首をふった。「レポーターや評論家は、いつだって――どんなときだって――三種類いるの。なにかに関して、有罪だと思うひと、無罪だと思うひと、二次的な事件だと思うひと。選挙戦に生き残るのに必要なのは、あとの二種類よ」

「広報の観点からすれば、だね？」

「そう。有罪なら、それでもだめよ」

ルーシー・オコナーが近づいてきた。疲れた顔をしている。マイクロカセット・レコーダーの赤いランプがついているのに、ロジャーズは目を留めた。まだ録音中だ。

「おはよう」ルーシーがいった。「すばらしい演説だったわね」

「ありがとう。あなたがそう思っているのを、上院議員に伝えるわ」キャットがいった。

「オフレコでもオンレコでも、なにか新しい情報は？」ルーシーがきいた。ロジャーズの顔を見たので、ロジャーズは視線を返した。目顔で、ルーシーが質問をくりかえした。

「オー議員が大統領選挙に立候補するということ以外には、なにもないわ」キャットがいった。「なにか聞いているの？」

「きのうだれもが結論を急いだせいで、反動がすごいのよ」ルーシーが答えた。

「みんな本気でオー議員が暗殺の黒幕だと思っているのか？」ロジャーズはきいた。

「それは、よこしまな願望、と分類しておきましょう」ルーシーが答えた。

ロジャーズは首をふった。「よこしまというのは、いい得て妙だな」

「注射殺人鬼みたいな話は、新聞の上半分を使う販促広告に使えそうだし、出版契約がとれそう」ルーシーがさらにいった。「話といえば、将軍、ここでなにをしているのか、話してくださる？」

「適切な時機にプレス・リリースを出すから」キャットがきっぱりといった。「もちろん早めに渡すわ」

「副大統領候補について、なにか噂《うわさ》は？」ルーシーが質問した。「ケネス・リンクの姿を見たけど」

「党大会前に立候補者を明かすことはしないのよ」

「お願い、キャット。オフレコでいいから。約束する」

「悪いけど」と、キャットは答えた。

ルーシーは、ロジャーズのほうを向いた。「オプ・センターの捜査についてはどう、番号にかけた。

「なんですって？」キャットが足をとめて、携帯電話を出し、短縮ダイヤルでリンクの

「ダレル・マキャスキーというひとが、リンク提督の話を聞きにくるそうよ」

「なんのことだ？」

将軍？」

「どうして知っているんだ？」ロジャーズはきいた。

「友だちが郵政公社にいて、マキャスキーというひとと話をしたの。マキャスキーは、事情を説明しなかったのよ。わたしが知っておいたほうがいいだろうと思って、その友だち——エドが教えてくれたの」ルーシーはにっこり笑った。「協力してくれたのよ」

キャットは、ふたりに背を向けていた。電話していたのはほんの数秒で、すぐに携帯電話を閉じた。「あとで会いましょう」ロジャーズとルーシーにそういって、足早に離れていった。

「待ってよ、キャサリン」ルーシーがキャットを追いかけた。「だいじな事前情報を教えたんだから——」

「わかってる。感謝しているわ」

「感謝のしるしを見せてよ！」

「そのときが来たら」キャットが約束した。

ルーシーは、それでは満足しなかった。ロジャーズがキャットのあとを追おうとすると、その腕をつかんだ。「将軍、協力するわ」

「どうも」

「そんなのだめ」また腕をひっぱった。「そっちも協力してくれないと」

ロジャーズは、腕をふりはらい、キャットのほうへ歩いていった。ルーシーがついてきた。しつこいのはべつに気にならなかった。それがレポーターの仕事だ。ただ、腹の底に沸き立っているものに、憤懣《ふんまん》をつのらせていた。

「将軍、話をして。オー議員のところでやっていることだけでも教えて。オー議員のところで働いているの、それともオプ・センターの仕事をしているの？」

「どう思う？」

「オプ・センターの仕事で来ているんだったら、マキャスキーがリンク提督と話をすることを、キャットは知っていたはずじゃないかしら」

「筋は通るね」

「あたりまえよ。でも、そういう流れだけじゃ、記事にはならない。記事にできる事実がほしいの。手がかり、オフレコの意見、匿名《とくめい》の情報源から聞いたといえるような言葉が――」

「注射殺人鬼」ロジャーズはいった。

「えっ？」

「殺人犯に綽名《あだな》をつけたいと、昨夜きみはいっていたけど、それがそうなんだろう？」

「ええ」ルーシーがいった。「締め切り前に思いつくのはそれが精いっぱいだった」

「いいと思うね」

「ありがとう。それがどうしたのよ？援けてちょうだい」

ロジャーズは足をとめた。「いいことを教えよう。わたしはひとを援《たす》ける仕事からも足を洗ったんだ。個人的には関係ないが、日本や国連を援けた。インド亜大陸も援けた。それで得たものはなんだろうね？」

「個人的にはあまりいい評判をもらわなかった」

「そんなことは気にならない」絶対に安全だという領域を踏み出そうとしていることも、気にならなかった。「ダウンサイジングに遭ったんだよ」

「オプ・センターから解き放たれたということ？」

「解き放たれたというのは、怪我《けが》をしているコンドルや、流出した原油にまみれたアザラシに使う言葉だろう。わたしは馘《くび》になったんだよ、ルーシー」

「うわあ。将軍、ほんとうにお気の毒。引用してもいいかしら？」

「いいとも。忠誠は名誉や高潔とともに戦闘中行方不明になった、と書いてくれてもいい。オプ・センターだけの話ではなく、社会全体のことだ。ほんとうの献身の報いはお世辞だけ、ご都合主義者がプレイを牛耳っている。それを変える一定の役割を果たすために、わたしはオー議員の陣営にくわわるよう求められている。手段を選ばず金儲けをする連中と、人格や行動規範をそなえたひとびとのちがいを、アメリカ国民が見きわめられると信じて、わたしは承諾するつもりでいる。以上だ」

「ポール・フッド長官にコメントを求めてもかまわない？」

「だめだ」ロジャーズはいった。「ただ、ルーシー」

「なに？」

ロジャーズは口ごもった。棘々《とげとげ》しい言葉に聞こえないようにしてほしいといいたかった。だが、棘々しい気持ちになっているのを認めないでそう頼むすべが見つからなかった。

ルーシーは、ロジャーズの考えを読んだようだった。「ご心配なく。きちんと伝わるようにします」

ロジャーズは、おだやかな笑みを浮かべた。

ルーシーが礼をいって、離れていった。ロジャーズは、自分の気持ちを量りかねて、しばしそこに佇《たたず》んでいた。ああいう言葉を口にするつもりではなかったが、ダウンサイジングに遭うことも計画にはなかったのだ。戦場でストライカーを失うことも。トロツキーはなんといっただろうか？　計画を立てる時間があればあるほど、失敗も増える。

本音から出た言葉だ。

ロジャーズは、小走りにキャットを追った。いまのいきさつを話しておかなければならないが、気にはしないだろうと思った。オー議員についてはなにもいっていない。自分とオプ・センターのことだけだ。それに、ああいったことには、利点もある。いまや意識も精神も、彼らとともにある。

22

火曜日　午前五時四十五分
カリフォルニア州　フォールブルック

トム・マンダーにとっては、金が重要だった。マイクル・ウェイン・リッチモンドにとっても金は重要だったが、危険もおなじように重要だった。だから、石油掘削の仕事をやりにアラスカくんだりまで行った。だから腕力を使う仕事を再開した。

午前五時に山小屋を出ると、四〇〇メートル東に歩いて、寒く暗い山に分け入った。晩春には、週に一度か二度、そうしている。その時期、この山頂はきわめて危険な場所になる。リッチモンドは、可能なかぎり危険と対決したいと思っている。自分をためすために、必要以上に危険を捜す。人生は試練の連続であるべきだ。ただ行動するのではなく、成長し、躍動するには、それしかない。それが敵を支配するすべであり、自分を制御する手段でもある。

薄茶色の深いウェスタン・ブーツを履き、研ぎ澄ましたボウイー・ナイフ（訳注　刃渡り三〇センチ以上の幅広の刃で切先の反った大型ナイフ。アラモの砦で玉砕したジム・ボウイーが使ったことで知られる）を手にして、リッチモンドは夜明け前の風の強い闇《やみ》のなかを歩いていった。氷点下に近い寒さをしのぐために、厚いデニムのジャケットを着て、黒い革手袋をはめている。標高一二〇〇メートルに近いこの山の上では、霙《みぞれ》や雪になることもある。岩棚に近づくと、数百メートル下の白い雲の上側がほんのりと光っているのが見えた。頭上には星と濃紺の空があるばかりだ。弧を描いている峻険な尾根の上にようやく陽が昇り、岩棚が温まると、危険が目を醒《さ》ます。ダイヤガラガラヘビの棲息《せいそく》地はそこにある。

崖《がけ》っぷちに連なる大きな岩のあいだに、ガラガラヘビは巣食っている。毎年、この季節には数百匹を仕留めることができる。空が白みはじめるころ、変温動物のガラガラヘビは、朝の気温の上昇につれて血液の温度が上がる。頭が三角形の毒蛇は、一匹かあるいは三匹ぐらいずつ這《は》い出して、野鼠《のねずみ》や野兎《のうさぎ》や早起きの鳥など、餌《えさ》になる小動物を探しに出かける。陽が完全に昇る前に狩りに出るのは、獲物が見えなくても探し出せるからだ。ガラガラヘビの頭部にあるくぼみは、生き物の熱を感知できる。ちろちろと出している舌は、リッチモンドがキッチンの料理のにおいを嗅《か》ぐのとおなじように、獲物の味を感じ取れる。だからガラガラヘビは、獲物に精確に狙《ねら》いをつけることができるのだ。成長したダイヤガラガラヘビは、体長が一二〇センチから一五〇センチくらいで、それとほぼおなじ距離を跳ぶことができる。

ガラガラヘビは地面とおなじ色で、尾の脱皮殻をふるわせて、敵に警告するための独特の音を発するまで、不注意な人間の目には留まらない。襲い掛かる距離を稼ぐために頭を高くしてとぐろを巻いていないときには、大きな雀蜂《すずめばち》の羽音のような音になる。とぐろを巻いて体を地面から離していると、ペッパーミルみたいな音になる。とぐろを巻くとき、ガラガラヘビの頭は、二、三秒高く持ちあがっている。

ダイヤガラガラヘビは、けっして攻撃的な生き物ではなく、身を護《まも》る本能のほうが強い。たいがいの場合、自分のことに専念して、ボブキャットやコヨーテや人間のような大きな動物との対決は避けようとする。

だから、リッチモンドは、刃渡り三八センチのナイフの切っ先で、まずガラガラヘビをつつく。戦わずに逃げられては困る。しゃがんで、ナイフで尾の先端に触れることが多い。ガラガラヘビはたいがい退却する。そのときには、大きく迂回《うかい》して、逃げ道をふさぐ。とぐろを巻くように仕向け、それで望みどおり戦いがはじまる。

けさ、リッチモンドが岩に腰かけて、夜明けを眺めていると、岩場からガラガラヘビが二匹現われるのが目に留まった。一匹は成長しており、もう一匹はまだ二五センチぐらいだった。親が子を連れて狩りに出かけるようだ。小さいほうが、岩の蔭《かげ》でとまり、丸まって渦巻きをこしらえた。冷たい風が嫌なのだろう。もう一匹は、巣からなおも遠ざかった。

ダイヤガラガラヘビは卵胎生だ。リッチモンドの見たところ、小さい蛇は生後二週間ぐらいと思われた。巣にはほかにも何匹か子がいるにちがいない。子供の蛇は、コメツキムシのような小さな昆虫がそばに来たときに捕食する。まずは子蛇のほうから、二匹とも殺そう、と決めた。

リッチモンドは、冷たい大きな岩から離れた。こうした山歩きのときには、携帯電話を持たない。不用意に嚙《か》まれたときには、死ぬのが当然の報いだと思っている。だいち、九一一にかけてもしかたがない。救急車かヘリコプターが来たときには、死んでいるだろう。蛇の毒は即座に溶血現象を引き起こして、赤血球を破壊し、組織が酸素を取り込めなくなる。生命維持に不可欠な器官が機能しなくなる。十分か十五分で死ぬだろう。

小さいほうの蛇は、リッチモンドが近づくのを察知したようだった。岩にすり寄って、渦巻きを解き、反対側に逃げ込もうとした。リッチモンドはにやりとした。右足のブーツの底を岩にかける。高さ三〇センチぐらいの、平べったいピラミッドのような形をした岩だった。蛇の尾が見えなくなるのを待って、岩を転がした。ガラガラヘビの上に岩が倒れて、胴体のまんなかあたりに載った。ガラガラヘビが舌を出し、怒り狂って尾をふったが、どうにも逃げられなかった。リッチモンドは、もう一匹のようすを見た。岩棚から離れてゆく蛇の鱗が、黄色い朝陽を浴びて輝いた。子供を援けることよりも、餌を捜すほうに夢中のようだ。リッチモンドは石を踏んで力をこめ、ガラガラヘビがまったく逃げられないようにした。それから蛇の正面にまわって、しゃがみ、三角形の頭のすぐ下にナイフをふりおろした。首が落ち、胴体から流れる血が黒い土にしみこむとき、舌がしばらく動いていた。

ナイフの血を、リッチモンドは土で拭《ぬぐ》った。そして立ちあがり、もう一匹を追った。そのとき音が聞こえた。リッチモンドは、岩棚のほうを向き、しゃがんで耳を澄ました。

東に避難用道路がある。火災によって舗装道路がすべて通れなくなったときには、雨ででこぼこになっているその狭い未舗装路を通って逃れる。そこから六〇〇メートルほど下ったところに、住宅団地がある。谷を眺めるために、そこの住人がたまに山を登ってくることがある。夜明けを見るためにこういう早朝からやってくることは、めったにない。そのためには暗いうちから登山をはじめないといけないからだ。それでも、たまに車で夜明けを見にくる人間がいる。さっきの物音は、車のようだった。

リッチモンドは、避難用道路のほうへ進んでいった。平坦《へいたん》になったところに、ジープがとまっている。黒塗りで、ボディの左右に星が描いてあった。乗っているのはひとり、保安官助手だった。たぶん夜勤で、家に帰る途中なのだろう。保安官助手は、魔法瓶の蓋《ふた》をあけた。

保安官助手は、いましばらくここにいるだろう。好都合だ。リッチモンドには、思いついたことがあった。急いでひきかえし、ボウイー・ナイフをベルトにつけた鞘《さや》に差して、歩きながらデニムの上にはおったウィンドブレーカーを脱いだ。血まみれの蛇の屍《し》骸《がい》のかたわらを過ぎ、親蛇を探した。左右に視線を走らせる。大き目の石や藪《やぶ》にはことに注意を払った。

ガラガラヘビは、浸食によってでき、斜面を滑り落ちた石ころで底が埋まっている、狭い雨裂《うれつ》にいた。小石のあいだにジリスの巣がある。ガラガラヘビは、岩の上で体を温めながら、朝食が姿を現わすのを待っていた。とにかく、それが蛇のもくろみらしかった。リッチモンドには、べつのもくろみがあった。雨裂に沿って歩き、ウィンドブレーカーを岩に置いた。左右の袖口《そでぐち》を結び、岩の上にひろげてから、蛇の背後にまわった。石をひと握り拾い、ひとつずつ蛇めがけて投げた。尾や胴体に石が当たると、ガラガラヘビは尾を鳴らして動き出した。リッチモンドは、それを追った。なおも石をぶつけて、ウィンドブレーカーのほうへと追い込んだ。果たせるかな、蛇は手近な隠れ場所と見て、ウィンドブレーカーの袖に潜り込んだ。なかでとぐろを巻こうとしたため、袖にすっぽりと収まってしまった。リッチモンドは、用心深くウィンドブレーカーの身ごろを袖に巻きつけ、蛇が出てこられないようにした。そして、袖を左手で上から手探りし、蛇の首をつかんだ。袖のなかで蛇が身をよじり、波打たせて、逃れようとする。ガラガラヘビがようやくぐったりしたところで、リッチモンドは右手で袖口をほどいた。首を放したら、蛇はすとんと落ちて逃げ出すはずだ。つぎに右手で、尾の部分をつかんだ。ガラガラヘビは音を出せない虜《とりこ》になった。ウィンドブレーカーを腹に巻きつけるような格好で、リッチモンドは歩きはじめた。毒蛇をそうやって捕らえていると、銃を持っているような気分になる。ガラガラヘビは、怖れられているとおりの威力をそなえている。それに、ありがたいことに、銃で撃つのとはちがって、蛇が殺したことになる。

リッチモンドは、岩棚に出た。太陽はもう遠い山並みの上に昇っている。遠くで鷹《たか》が三羽、山の斜面の小動物を探しはじめている。さまざまに変わる上昇気流に乗るために鷹が翼や尾羽根を動かしながら旋回するありさまは、いつ見ても見飽きない。一羽が餌になりそうな生き物を見つけると、仲間を呼び、翼をすぼめてローンダーツの矢みたいに急降下する。防御意識の強い蛇とはちがい、攻撃的な猛禽類《もうきんるい》は、自然界のもっとも完《かん》璧《ぺき》な狩人《かりゅうど》だ。

防御と攻撃か、リッチモンドは思った。地べたを這ういかにもぶっそうな生き物は、さほど危険ではない。青空を優美に舞う生き物のほうが、はるかに恐ろしい。外見は、危険を測る尺度にはならないことが多いのだ。

リッチモンドは、避難用道路を歩いて、ジープに近づいた。運転席側のサイド・ウィンドウがあいている。

「おはよう、保安官助手」歩きながら挨拶《あいさつ》をした。

保安官助手が、サイドミラーごしに見た。「おはようございます」リッチモンドの姿をしばらく眺めていた。「だいじょうぶですか？」

「ああ、どうして？」

「腕になにか巻いているようですが」

「いやいや、鳥を飼育してて、卵を集めているんだ」愛想よく、丁重な言葉遣いでいった。罠《わな》を仕掛けるのも楽しみのひとつだ。

「卵をねえ――ボウイー・ナイフで？」保安官助手がたずねた。

「蛇がいるからね」リッチモンドは、サイド・ウィンドウのほうに手をのばした。

「だろうと思ったが、こんどは銃を持ってきたほうがいいですよ。ポケット・ナイフよりも大きい刃物を携帯するのは、法律違反です」

「でも、拳銃《けんじゆう》ならかまわない？」

「ええ」

「全米ライフル協会のおかげだね」

保安官助手が、コーヒーをごくごくと飲み、カップに使える蓋を魔法瓶に戻した。結婚指輪をはめていた。せいぜい二十五、六だろう。内緒で休憩するためにここに来たのか、それとも宇宙のことでも考えていたのだろうかと、リッチモンドはふと思った。妻と別れようかどうしようかと考えていたのか、それとも、昔はここでよく愛をたしかめ合ったものだと、過去を懐《なつ》かしんでいたのだろうか。この若者は、人生のどれほど先まで予定を立てているのだろう？　あしたまで？　つぎの昇進まで？　ひとり目か、ふたり目の子供が生まれるまで？

「そうそう、マイクル・リッチモンドというものです」リッチモンドは名乗った。

「アンディ・ベルモントです」保安官助手がいった。手を差し出したが、相手が両手で卵をかかえていると気づいて、ひっこめた。「お目にかかれてよかった」

「こちらもです」リッチモンドは答えた。「このあたりにはよく来るんだが、お見かけしたことはなかったね」

「先週、サウスウェスト署から転属になったんです」ベルモント保安官助手がいった。「呼び出しがかかってこっちに来るときのために、ようすを見ておいたほうがいいと思いましてね」

「ごもっとも」リッチモンドはいった。「で、勤務をはじめたところ？　それとも勤務明け？」

「勤務明けですよ。午前中は子守をするんです。女房が働きにいくので。そのあと、義母が来たら、眠るという寸法です」

「それはそれは。たいへんそうだね。それぞれがべつの時間に働くというのは」

ベルモントが、笑みを浮かべた。「どうですかね。いっしょにいる時間を大切にする

ように見おろした。窓
「それはほんとうだろうね」リッチモンドは、保安官助手の無防備な膝《ひざ》を見おろした。

ウィンドブレーカーの袖口をあけて、保安官助手の左肩の無線機を奪うだけでいい。窓から手を突っ込めば、すぐに取れる。ベルモント保安官助手は、座席に座ったままで死ぬだろう。

保安官助手が、魔法瓶を座席のあいだのホルダーに置いた。ヘッドライトをつける。

「ごきげんよう。ナイフのこと、気をつけてくださいよ」

リッチモンドは、それまで身をかがめてしゃべっていた。まっすぐに立つと、腰がサイド・ウィンドウの高さになった。「ありがとう。気をつけよう」

うしろに離れた。保安官助手が手をふり、狭い道に車を出した。リッチモンドは会釈《えしゃく》をして見送った。ガラガラヘビの首を握った手に力をこめ、いっぱいにひねった。もがきはじめていたガラガラヘビが、一瞬身をふるわしてから、動かなくなった。リッチモンドは、袖を軽くふった。ガラガラヘビは動かない。袖からふり落とし、さっと飛びのいた。

ガラガラヘビが地面に落ちて、長々とのびた。死んでいた。鴉《からす》の餌になるように、そのままにして、リッチモンドは岩棚に向けて戻っていった。

思いがけず気分のいい一日の滑り出しだった。蛇を二匹殺し、保安官助手の命を助けてやった。三つの命を自由にした。いや、もっとだ、保安官助手の妻子を勘定に入れれば。

リスクを負うか負わないか、殺すか殺さないか。そうやって選択できることが、支配と制御の要《かなめ》であり、支配と制御は力の源になる。そして、力は、満足のいく人生になるかどうかを左右する。今後の生活でどれほどの満足が味わえるのか、マイクル・リッチモンドにはわからなかった。だが、きょうという日の幸先《さいさき》がよかったことはまちがいない。

23

火曜日　午前九時四十四分
ワシントンＤＣ

ダレル・マキャスキーは、ＦＢＩ局員たちがいう「バッジを笠《かさ》に着る」捜査官ではなかった。相手が容疑者だろうと、部下だろうと、威張り散らしたりはしない。それでも、成果を得たいときには、たいがい手にすることができた。真剣そのものでもある。真剣だというのが相手にわからない場合には、いかつい肩と、微動だにしない視線と、あたりをはらう威風がものをいった。

マキャスキーは、いつものツイードの上着ではなく、革ジャケットを着ていた。着古したボマー・ジャケットのほうが、いかにも現場での出入りに慣れているようで、相手を威圧できると思ったからだ。ラッセル上院議員会館に着くと、オプ・センターの身分証明書を警備員に見せた。オーの議員事務所に前もって連絡してはいけないと、若い女性警備員に注意した。これが遊びではなく捜査活動だというのを、リンク提督にそれとなくわからせるためだ。話を聞くあいだ、丁重な態度で、敬意を示すつもりではあったが、卑屈にはならない。FBIはこういうやりかたを、LAT（法執行機関戦術）と呼んでいる。容疑者には法に基づく権利がある。事情聴取を行なう警察やFBIの側にも権利がある。

マキャスキーは、すばやくオーの議員事務所へいった。受付が、会議室に行くようにと指示した。政党が一般人を連邦政府の施設で働かせることは、許されていない。私設顧問の場合は、管理規定がない。

リンク提督は、記者会見から戻ったばかりで、ノート・パソコンで電子メールを確認していた。すこしそわそわしているように見えた。

「時間を無駄にしないな」パソコンから顔をあげもせずに、リンクがいった。

「納税者のためにやっているんだから当然だ」マキャスキーはいった。

「市民に対しての責任。嘆かわしい例外。規則じゃない」リンクがいった。「コーヒーか紅茶はどうかね、え——」

「マキャスキーです。結構」マキャスキーは相手の言葉をさえぎった。ジャケットの内ポケットからメモ帳を出した。「CIA時代の仕事について、ちょっとおききしたい」

リンクが笑みを浮かべた。「ふたつだけいわせてくれ、マキャスキー君。ひとつ、たとえ相手がインテリジェンス・コミュニティの人間であっても、これまでやった仕事についてわたしが話すことは禁じられている。それは知っているはずだ」

「法的にいうと、厳密にはちがう」

リンクが、ようやく目をあげた。「どういうことだ？」

「CIAの通常の服務規定では、元局員は現行の作戦に害を及ぼすような情報を明かしてはならないとされている」マキャスキーはいった。「あなたは補則条項のつかないその規定に署名した。確認してある。わたしがこれからきくのは、あなたがいっしょに仕事をしたことがあるかもしれない人間のことだ。その人間は、もうCIAにはいないかもしれないし、あるいはワシントンDCに配置されているかもしれない」

「きみは機密保持の精神を破却しようとしている、マキャスキー君」

「それよりもっとひどいことを、もっとわかりやすい英語でいわれたことが、何度もある。それで、もうひとつは？」

「きみだろうが、だれだろうが、この事情聴取をむりやりやる正当な理由があるかどうかはさておき、オプ・センターがわたしの事情聴取をやる権限があるとした根拠はなんだ？」

「二〇〇二年の国際情報協力法によれば」マキャスキーは、リンクの向かいに腰をおろしながら答えた。「イギリス国籍を持つ人間が死に、スコットランド・ヤードが捜査を依頼した場合、オプ・センターがその代理をつとめることになっている。法により、わたしは犯罪もしくはそれに結びつく出来事を目撃したとおぼしい人間に事情をきくことを許されている。オー上院議員がフッド長官との話し合いを承諾したことにより、上院議員は国際情報協力法の適法性を理解したと解釈される。これでも、わたしの質問に答えることに反対しますか？」

「反対する。きみの法解釈にも疑問を呈する」リンクがいった。「だが、疑わしきは罰せずでいくことにしよう――いちおうのところは」

「ありがとう、リンク提督。あなたはＵＳＦことアメリカ合衆国第一党のためにだれかをじかに雇ったことはありますか？」

「いや」リンクが答えた。

「ＵＳＦへの雇用もしくは実務研修のために、だれかを推薦したことはありますか？」

「党大会の管理責任者のエリック・ストーンを推薦した」

「ストーン氏と知り合ったいきさつは？」名前をメモしながら、マキャスキーはきいた。

「ＣＩＡでわたしの補佐官だった。組織をまとめるのがたいへんじょうずだ」

「現場での経験は？」

「公認会計士の資格を持っている」リンクが答えた。「シカゴの事務所だ」

「ほかに雇ったり、推薦したりしたものは？」マキャスキーはきいた。

「いまのところはいない」

「上院議員のスタッフは？」

「ケンドラ・ピーターソンをくわえてもらった」

「どうして知り合ったのですか？」

「ケンドラは、日本に勤務する現地工作員で、じっさいは北朝鮮や台湾で活動していた」

「あなたの部下でしたか？」

「そう。純然たるＲＯＯだ」

ＲＯＯは、偵察専門工作員を意味する。だが、受身の活動をする工作員でも、能動的な作戦に参加することがあるのを、マキャスキーは知っていた。一九七九年、ＣＩＡ工作員ジェンソン・ブリムラインが、ソ連の長期潜入工作員《もぐら》のために正体がばれたことがあった。ＣＩＡはブリムラインを引き揚げずに、ＲＯＯを派遣し、ブリムラインを監視している連中を見張らせた。その連中がブリムラインを襲おうとしたとき、ＲＯＯが撃退した。ＲＯＯとブリムラインは、無事にモスクワの隠れ家に逃れることができた。

「ストライカーが極東で活動したときに、接触候補として、ピーターソンの名が挙がったことがある」マキャスキーのうしろから声がかかった。「ファイルを用意しようか」

マキャスキーはふりむいた。マイク・ロジャーズが、会議室の戸口に立っていた。

「はいってもいいですか？」ロジャーズは、リンクにきいた。

「もちろん」リンクが答えた。

ロジャーズがはいってきた。視線はマキャスキーに据えたままだ。「魔女狩りの最新情報はなにかね？」

「そういういいかたはないいんじゃないか」マキャスキーは答えた。

ロジャーズは黙っていた。

「マキャスキー君、ほかに質問があるのなら、さっさとすませてもらえないか」リンクがいった。「大事な仕事があるんでね」

リンクの乙に澄ました態度が、マキャスキーの癇《かん》に障《さわ》りはじめていた。「提督、これは真剣な事情聴取なんだ。そうじゃないと思ったら、たいへんなことになる」

「真剣なのはそっちだけだろう、思いちがいをするな」リンクがぴしゃりといった。「ただ。わたしはひとつの点で、きみよりも優位に立っている」

「どんな点？」

「自分がなにも悪事を働いていないし、悪事に加担してもいないことを、わたしは知っている。さあ、つぎの質問は？」

リンクのことがいくら嫌いでも関係ない。友だちになるためではなく、情報を得るためにここに来たのだと、マキャスキーは自分にいい聞かせた。

「たくみに話をして男の部屋にはいりこみ、舌の下に致死性の薬品を注射して、見つからずに逃走するような能力をそなえた人間を、だれか知りませんか？」マキャスキーは質問した。

「女、ということだな」

「あるいは女にそういう訓練をほどこせる人間でもいい」

マキャスキーがいい添えたのに、リンクはうなずいてみせた。「わたしが知っている範囲では、ケンドラだけだな」

「隠れた才能の持ち主ですね。彼女はどこで訓練を受けたんですか？」

「アメリカ海兵隊から」リンクが答えた。「医療特技下士官を何カ月かやっている。細かい運動筋肉の機能に問題があって、異動になった」

「腱炎《けんえん》のことですか？」マキャスキーはきいた。

「知らない。本人にきいたらどうだ」

「いまはやめておきます」マキャスキーは、質問する前に、ケンドラ・ピーターソンのファイルを見ておきたかった。

「二度と機会はないかもしれないぞ」リンクが注意した。

「どうして？」

「この話し合いが終わったら、きみだろうとだれだろうと、オプ・センターの人間は二度と来させないようにする」リンクがきっぱりといった。

「警告のようでもあり、疑わしくも思える」

「そう思うのは、やけっぱちになっている情報関係者だけだ」リンクがいった。「ポール・フッドは、すでにCIOCとうまくいかなくなっている。もっと厄介な問題を、オー議員がお膳立《ぜんだ》てしてくれるだろう」

「そうですか？　どんな議会の権限を根拠に？」

「一般市民に対するいやがらせだよ。いいか、マキャスキー君。足をひっぱるつもりはないんだ。われわれはおなじ側に立っている。ビジネスマンふたりが殺害された。犯人が見つかって処罰されればいいと思っている。しかし、きみはなんの証拠もなく、わたしに奇妙きてれつな疑惑を抱いている。こんどは、ケンドラ・ピーターソンに対して、漠然とした憶測を抱きはじめている。話を聞くことになんの利益も根拠もないとは思うが、協力の精神からケンドラを呼んでもいい。そういう気持ちが消えないうちに、せっかくの機会をつかんだらどうかね」

マキャスキーは、リンクとロジャーズの顔を見比べた。「いいえ、提督。ピーターソンさんにききたいことができたら、そのときに連絡しましょう」

リンクが笑った。「きみが自信があるのか、誇り高いのか、それとも鈍感なのか、わたしにはわからないよ、マキャスキー君。しかし、ひとりよがりだということはたしかだね。もう一度念を押すが、もうここには来られないよ」

マキャスキーは立ちあがった。「お手間をとらせました。ありがとう、提督」ロジャーズの顔を見た。「きみにとっても厄介なことになって申しわけない」

ロジャーズは、言葉を返さなかった。厳しい表情が、じゅうぶんに怒りを伝えていた。

マキャスキーは、リンクに視線を戻した。リンクはすでにノート・パソコンを覗《のぞ》き込んでいる。

「もうひとつだけ、提督」マキャスキーはいった。

「いいだろう」リンクは顔をあげなかった。

「ウィルソン氏が死んだことを、どう思いますか？」

「迷惑なことだし、動揺したよ」リンクが即座に答えた。「オー議員のもてなしを楽しんだ男が、ホテルに帰って殺された。悲しく、無法で、道理にはずれた出来事だ。だが、その男は、われわれの国にとって有害な経済的構想を抱いていた。わたしの葛藤《かっとう》はわかるだろう」

「ひとによっては、ほかの言葉で表現するかもしれません。動機などと」

「言葉がそんなふうに黒白がはっきりしているものであれば、きみのような男はサーカスで象の糞《ふん》を拾い集めておらずに、団長になっていたことだろう。最後にもう一度いっておこう、マキャスキー君。きみはまちがった方向に進んでいて、自分と自分の属する組織にたいへんな害をおよぼしている」

マキャスキーは、リンクのいる会議室を出た。リンクは正直なのだろうかと、考えていた。CIAに永年勤務していたから、ポーカー・フェイスはお手の物だろう。それに、ケンドラ・ピーターソンの経歴については、自分から進んで話をしていた。うしろ暗いところがあるのなら、そういうふうに率直にはならないだろう。それに、ピーターソンからいまは話を聞かないと決めた自分は、頑固すぎるのだろうか？　リンクには「鈍感」といわれた。それはちがう、と結論を下した。ケンドラが保存しているパーティの映像を見るほうが先だ。監視カメラの映像と、それを見比べなければならない。まったく似ていなければ、事情をきく理由は何もない。それに、あそこでリンクの申し出に応じれば、なにも事情を知らないまま探りを入れることになる。リンクが差配すれば、オプ・センターの権限を明け渡すことになる。オプ・センターにその情報を手に入れる権限があるかどうかは微妙なところだ。もし、オー議員が電話一本でオプ・センターの活動をとめられるとすると、いま捜査をあきらめてもおなじことだ。

そういった手順のことはさておいて、マキャスキーはデータを検討した。オー議員には、元CIA局員の部下が三人いる。リンク提督は工作本部長だった。CIAにもいい人間はおおぜいいる。これもどうということはないのかもしれない。しかし、三人のうちのふたり——リンクとピーターソンには、ウィリアム・ウィルソンとロバート・ローレスに狙《ねら》いをつけて、追い詰め、始末する技倆《ぎりょう》と、機会と、おそらく人的資源もある。リンクの陰険な側面はともかくとして、ウィルソンの金融構想に反対していることが、殺人を引き起こしたのかもしれない。マキャスキーの知っている範囲でも、ビジネス問題でＣＩＡがＴＤ（終末指令）――暗殺の婉曲《えんきょく》的な表現――を発動した例が二件ある。コンゴではじめて民主的な選挙で選ばれたルムンバ大統領は、アメリカとベルギー企業の権益を護《まも》るために、一九六一年一月に暗殺された。一九七九年には、韓国の朴正熙《パク・チョンヒ》大統領が、側近の金載圭《キム・ジェギュ》ＫＣＩＡ部長に射殺された。ＫＣＩＡはむろんＣＩＡの息のかかった情報機関で、急な経済成長によって韓国の対日本債務が増えることを怖《おそ》れたための暗殺だったといわれている。

ウィリアム・ウィルソンは、ひょっとしてＵＳＦと対立する政党に、巨額の政治献金を行なう予定だったのかもしれない。だとしたら、スコットランド・ヤードが調べあげてくれるだろう。その場合は、ＵＳＦとアメリカ経済の両方にとって厄介な脅威が取り除かれたことになる。

マキャスキーの得た情報はすくなかった。だが、リンクと会う前よりはずっと増えた。リンクは空威張りしていたが、事情聴取は上首尾だった。ただ、予想外だったのは、ロジャーズがいたことだった。これまでにも対立したことは何度もある。今回も乗り越えられればいいのだがと思った。

そうでなくても、自分は生き延びる。政策の手先として動いているだけで、政策を設計してはいない。

いま標的として捉《とら》えられているのは、ポール・フッドなのだ。

24

火曜日　午前十時
ワシントンDC

よく晴れた暖かな日で、周囲の世界は青と白だった。フッドの視線は、ワシントンのスカイラインにそびえ立つ記念建造物から、それらを見下ろす青空へと移った。この街の重要なランドマークは、ほとんどがホワイトハウスから見える場所にあり、ここが世界の中心だという強い意識をひしひしと感じさせる。

フッドは、厳重なバリケードをほどこした北側の駐車場に、車を入れた。外の陽射《ひざ》しは暖かく、幸せで安らかな気分になってもおかしくなかった。そういう気持ちにはならなかった。ローレンス大統領とダベンポート上院議員は、おなじ党のおなじ中道派に属している。オプ・センターの憲章と予算は、ふたりの手に握られている。ふたりがひとつの方針を固めているのだとすると、嘆願する方策はない。ただ、わからないのは、ローレンス大統領とダベンポート上院議員が呼び寄せた理由だった。オプ・センターのダウンサイジングをもっと促進しろというのか、それともなにか党派の策謀に加担してほしいのか。

ある面では、おなじようなものだった。たかられても、いじめられても、不愉快なのはおなじだ。

正門の警備チェックポイントを通った。しかるべき書類を渡されていないので、警備員の身体検査を受けなければならない。シークレット・サーヴィスの警護官が警備員詰所まで迎えにきて、大統領首席秘書室に案内した。ダベンポートは、すでにオーヴァル・オフィスに行っていた。フッドはそのままはいるようにと指示された。

ダベンポートは、腕組みをして立っていた。マイクル・ローレンス大統領は、かつてテディ・ルーズヴェルトのものだったデスクの縁に腰かけている。ローレンスは、そこから会議の采配《さいはい》をふるうのを好む。一九三センチという長身なので、腰かけるとちょうど相手とおなじ目の高さになる。フッドがはいってゆくと、ローレンスの鋭い碧眼《へきがん》が、ダベンポートから戸口へと動いた。表情は親しげで、歓迎の色を浮かべている。ローレンスとフッドは、ずっといい関係を結んでいる。一年以上前に、オプ・センターがクーデターの企てを阻止して大統領を護ってから、いっそう絆《きずな》が強まった。あいにく、政治は唯一《ゆいいつ》のルールに支配されている。「きみはわたしのためになにができるか？」フッドとオプ・センターが重荷になっているとすると、ローレンス大統領としても尽力するのは難しい。

「ポール、よく来てくれた」ローレンスが、手を差し出した。

「こちらこそ光栄です」フッドは丁重に答えた。断われる立場でもないのにと思った。

ダン・ダベンポートのほうを向いた。「おはようございます、上院議員」

「やあ、ポール」ダベンポートが答えた。

ダベンポートは中背でなで肩だった。麦藁色《むぎわらいろ》の髪が薄くなり、いつもにこやかにしている。いまは笑っていない。

ローレンス大統領が、椅子《いす》を示した。フッドは座った。ローレンスが、デスクの縁に戻った。ダベンポートは立ったままだ。

「マキャスキー君に、ウィリアム・ウィルソンの舌の下の注射跡を見つけたのは、みごとな名探偵ぶりだったと伝えてくれ」ローレンスがいった。

「伝えます。ありがとうございます」

「わたしからもおなじことを」ダベンポートがいった。「なにか進展はあったかな?」

「オフレコで?」フッドはきいた。CIOCは仕事ぶりに感心して予算削減を撤回するのですか、と質問したくなった。だが、フッドの政治家としての直感は、ここに呼ばれたのにはべつの理由があると感じていた。

「ここでこれから話すことは、すべてオフレコだ」ローレンスがいった。

「殺人シナリオのおおざっぱなプロファイリングをやったところです」フッドは切り出

した。「かなりおおざっぱですが、リンク提督が一致します。マキャスキーがいまごろ話を聞いています」

「不意打ち事情聴取か？」ダベンポートがきいた。

「そんなところですね」フッドはいった。「われわれはこの事件にあまり時間をかけられないようですし、マキャスキーは政治的妨害を予期していたので」

「頭がいいな」ローレンスがいった。

つづけざまに褒め言葉ふたつ。大統領がなにかを要求するつもりであることがはっきりした、とフッドは思った。

「リンクと話をするというのは、たいへん勇気づけられる進展だな」ダベンポートがいった。「オー議員が関与していることを示すようなものは？」

「上院議員、オー議員を〝巻き込む〟ような材料は、なにもないように思いますが」

「そういう材料を見つけなければならないだろうね」ダベンポートが答えた。

予想外の言葉だった。それに、プライバシーに関する州法に触れるおそれもある。

「それが必要であれば、オプ・センターにそれに割ける人間がいれば、そうします」フッドはきっぱりといった。

「それこそが肝心なんだ」ダベンポートがいった。「捜査を拡大することが、是が非でも必要なんだよ」

「どういう根拠で？」フッドはきいた。話の流れてゆく方向が気に食わなかった。「ほかになにか情報があるのですか？」

「そういうものはない」ダベンポートが答えた。

「だとしたら——どうもよくわかりませんね」

ダベンポートが、何歩か歩いてから、話をつづけた。「ドン・オーは、けさ、アメリカ合衆国第一党の候補者として大統領選挙に出馬すると発表した。そのときの演説を聞いたかね？」

「いいえ」

「オーは、極端な形の孤立主義を提唱している」ダベンポートがなおもいった。「有権者には受けがいいかもしれないが、破壊的な結果をもたらすだろう」

「アメリカは、グローバルな経済や外国の資源と縁を切ることなどできない」ローレンス大統領はいった。「たとえ石油を原子力や太陽光発電に転換し、コンピュータや自動車の部品をすべて国内で生産するにせよ、そういった態勢を整えるには長い年月がかかる」

「それに、費用も膨大になる」ダベンポートがつけくわえた。「組合に参加している労働者も国内工場も、コストがかなり高い」

「なるほど」フッドはいった。「オー議員の方向性はまちがっていますね。でも、オプ・センターが捜査にオーを巻き込まなければならない理由が、まだよくわからないのですが」

「ポール、オー議員は方向性がまちがっているという程度ではないんだ。危険きわまりない。有権者は、保護主義者の理想に共感しがちだ。そういった理想が、現実には機能しなくても」

「それが有権者の特権ですよ」フッドは指摘した。「合法的な捜査を利用してだれかの顔に泥を塗るのも、危険きわまりない」

「権利と責任の話になったからいうが」ダベンポートが反論した。「腕のいい弁護士に瞞着《まんちゃく》された陪審の評決を、裁判官がくつがえすこともあるだろう。腕のいい政治家も、そういうふうに有権者を瞞着する。悲惨な結果をもたらす政治目標を、そういう政治家は売り込むことができる。治安攪乱《かくらん》の基盤を突き崩すには、過激な手段も必要だ」

「議論ではだめなのですか？」

「きみも政治家だっただろう」ダベンポートがいった。「星条旗の柄のパッケージにはいった旨酒《うまざけ》を売っている人間と戦うのは、きわめて難しい。この酒は愛国心を強奪し、精神面に訴えるため、知性を鈍らせる」

「いいかね、ポール」ローレンス大統領がいった。「われわれはなにも、アメリカ合衆国第一党が選挙に勝つと思っているわけではない。しかし、オー議員は、組合、失業者、ミドルクラスの相当数の支持を集めて、二五パーセントほどの票を得る可能性がある。わたしも副大統領も出馬しない。となると、だれが当選するにせよ、新任の大統領で、少数派になるおそれがある。そうすると、新大統領は、オー議員を抱きこんで、その政策を進めるだろう」

「上院議員は立候補しないのですか？」フッドはきいた。

「まだそういう決断は下していない」と、ダベンポートが答えた。

きっぱりしたノー以外は、すべてイエスを意味する。それに、言葉はいくらでも撤回できる。

フッドは首をふった。「上院議員、大統領――まちがったことを正しいといいくるめるのには無理がありますよ。わたしが同意しなかったらどうするんですか？」

「それなら、同意する人間を見つける」ダベンポートが、にべもなくいい放った。「きみに含むところがあるわけじゃないんだ、ポール」

「なぜでしょうね。わたしもそれは信じてますよ」フッドは答えた。

「それに、われわれが頼んでいることがまちがっているという意見には、断じて承服できない」ローレンス大統領がいった。「倫理にそむいているのは、オーのほうだ。権力をつかむために、愛国心を利用している。われわれは、繁栄しているアメリカと世界の経済のバランスをオーがくつがえすのを阻止したい。わたしのことは知っているだろう、ポール。だれが当選しようが、わたしは〈アメリカの良識〉に戻るつもりだ。正しいと信じていなかったら、こんなことにかかわったりはしない」

〈アメリカの良識〉は、ワシントンDCのシンクタンクで、大統領を二期つとめるあいだに、ローレンスが設立した。不党不偏の組織で、地政学の研究機関として定評を得ている。

「この質問に答えていただけますか、上院議員」フッドはいった。「CIOCがオプ・センターをダウンサイジングしたのは、この任務をやる気持ちが高まるのを狙《ねら》ったからですか?」

「まさか、そんなことを考えているんじゃないだろうな?」ダベンポートがきき返した。

「だとしたら、わたしがなにをいってもむだだろう」

フッドは笑った。「手口が古すぎますよ、上院議員。質問に質問で応じて答をかわすのは、いまどき流行《はや》りませんよ」

「さまざまな出来事が合流した」ダベンポートは答えた。「その勢いで、こっちに流れが向かった」

「策士と見られるよりは、ご都合主義者に見られたほうがいい、というわけですね」

「ポール、個人攻撃はやめよう」ローレンス大統領が注意した。「ダベンポート議員はきみに、きみを困らせる意図はないといっている。われわれの提案は示した。承諾してもよいし断わってもよい。どちらに決めても恨みは残さない」

「それは、大統領のシンクタンクに雇ってもいいということですか?」

「きみは貴重な人材だ」

「こういう考えかたもできるぞ、ポール」ダベンポートがいった。「この仕事がうまく行ったら、新大統領はきみに新しいポストを用意するかもしれない。どこかの大使のような」

それはありうることだった。大使のポストは、いわば政治の通貨で、借りを返す方便になっている。官僚にとっては最高の華々しい職務だし、フッドも官僚のひとりであることに変わりはない。しかしながら、ふたりの提案を聞いた瞬間――仮の話としていっているが、明らかに交換条件だった――すべてが一変した。フッドの意思に反して、義憤がこみあげた。協力すなわち降伏であるという見かたは消えていた。これも仕事の一環だ。

冷徹にやらなければならない。

「マキャスキーが戻ったら、話を聞きます」フッドはいった。相手を懐柔するような低い声になっていた。「マキャスキーの調べあげたことを聞いて、どういう糸口でこれを進められるかをたしかめます。それからご連絡します、上院議員」

「われわれは了解に達したようだね」ダベンポートの口調は、期待に満ちていた。

フッドは、イエスとはいいたくなかった。「了解しました」と答えた。

「いまのところはそれでよかろう」ローレンスが口を挟んだ。「マキャスキー君からはいつ連絡がある?」

「帰る途中で電話します。事情聴取が終わっていたら、すぐに上院議員に電話します」

「よろしい」ローレンス大統領が、フッドに手を差し出した。「ポール、楽ではないのはわかっている。だが、おたがいに願っていることはおなじだと信じている。アメリカ合衆国の繁栄と安全だ」

「おっしゃるとおりです」フッドは答えた。権利章典をそこねない形で、とつけくわえたかった。だが、口にしなかった。そのとき、自分がふたりのために働くと同意したことを悟った。

フッドは、煙に巻かれたような気持ちで、オーヴァル・オフィスをあとにした。ダベンポートのいうとおりだ。自分たちは了解に達した。この計画が完全であり合法的であるからではなく、進みはじめたからだ。最初は一インチずつかもしれないが、進みつづける。なぜなら、倫理には具体的な定義などないからだ。

理想の世界では、人間は自分の理想を他の理想と戦わせる。しかし、この世は完璧《かんぺき》ではない。社会政治上の武器庫のあらゆる武器を使わなければならない。

自分の行為を強引に正当化することも含めて? フッドは自問した。

これはそういうことなのか？

ダベンポート上院議員とローレンス大統領が頼んだことは、ひとつの面ではたしかにまちがっている。合法的だが、まだ初期段階の捜査を、拡大しろという。それに中傷という味付けをして、正義ではなくゴシップをひろめるようにしろという。だが、べつの面では、政治的な動機であるとはいえ、理屈はまちがっていない。オー議員の掲げる未来像が、真心から出ているとしても、有権者を惑わすためのものだとしても、おなじことだ。よくて実行不可能、悪くすると危険きわまりない。

フッドは、車のところに着いた。陽が射《さ》し込むところに止めてあったので、車内は暑かった。それがどことなくふさわしかった。悪魔と取り引きをしたのだから。

知力と仕事の両面で、悪魔の誘惑を受けた。屈服した自分が呪《のろ》わしかったが、正直にならないといけない。当然だったのだ。オプ・センターから、友人たちから、家族から、かくも長きにわたって遠ざかっていると、なんであろうと、すがりつくことができればありがたい。

それだけではなかった。かつてロサンジェルス市長として時代の寵児《ちょうじ》だったフッドも認めたくないことが、たったひとつある。理想主義は理屈のうえではすばらしいが、実践するとなるとじつに無様になる。結局、自分はこの地球そのものなのだ。妥協。太陽を求めている美しい緑の大地と、心を奪う青い海は、ほんのうわべでしかない。その下には、熱いどろどろのもの、不完全なパラドックスが隠れている。

エンジンをかけ、エアコンを強にしてから、ダッシュボードのホルダーに携帯電話を収めた。ハンズフリーのヘッドセットをかけて、マキャスキーの番号に短縮ダイヤルでかけた。駐車スペースから出るときに、もうひとつのことをやった。

捜査を続行する理由を、マキャスキーがひとつでもいいから発見していることを祈った。

25

火曜日　午前十時四十四分
ワシントンDC

「どんなあんばいだ、ダレル？」

ダイヤルしたあと、フッドはグローブボックスの下のクーラーボックスから、缶入りのコークを出していた。非常用にコークを一本入れてあり、毎朝保冷材を替えるようにしている。カフェインのおかげで注意が鋭くなった。ときどき、保冷材にも手をのばした。会議が長引き、紛糾して、にっちもさっちもいかなくなったときのために用意してある。大統領との会議は、いつもどおり直截《ちょくせつ》だった。

「事情聴取は上首尾でしたよ」マキャスキーが答えた。「マイクがいて、それが厄介でした。やっこさん、だいぶ機嫌が悪い」

「それはそうだろう」フッドはいった。いまはロジャーズにかまけていられない。「リンクは？」

「それがですね、長官、リンク提督はじつに率直でしたよ。手短にいうと、ウィリアム・ウィルソンは嫌いだったし、死んでもどうということはないそうです」

「意外ではないが、有罪の証拠でもない」フッドは、コークをごくごくと飲んだ。動機というものは捕らえがたく、また、あやまった方向に導きがちだ。暗殺の具体的な技術面だけに、的を絞ったほうがいい。「リンクにこうした任務を実行できるような資産があるという証拠は？」

「証拠はないですが、可能性はあります。リンクは、もとの部下をふたり、スタッフに起用させています。ひとりはエリック・ストーン。党大会の準備を仕切っています。リンクのもとの補佐官で、有能なオーガナイザーだそうです。もうひとりは、オー議員の上級アシスタントで、やはり情報畑の経験があるケンドラ・ピーターソンです。ピーターソンは、海兵隊で医療特技下士官の訓練を受けています」

「ファイルには書いてなかったな」フッドの意識はまだオーヴァル・オフィスにあり、自分が下さなければならない決断のことを考えていた。ピーターソンの身上調書のデータは、錨《いかり》をおろすことなく頭脳を漂っていた。フッドは、またコークを飲んだ。

「そうですね」マキャスキーがいった。「ピーターソンは、衛生科には数カ月いただけで、手の腱炎《けんえん》のために異動になりました。一時的な疾患だったんでしょうね。身体の不具合が履歴書に記載されていたら、軍隊やその後の仕事にも影響をおよぼしていたかもしれない。事務担当の軍曹が、短期間の職務については触れずに、異動させたものと思われます」

「あるいは、そのデータにアクセスできるきわめて有能なオーガナイザーが、最近消去したとも考えられる」フッドは指摘した。

「ありえますね。肝心なのは、ピーターソンがそこで学んだ技術のひとつが、注射だということです」

「監視カメラの映像と、朝の記者会見の映像を、マットに比較してもらおう」フッドはいった。「ピーターソンを容疑者リストに載せるかどうかは、それで決まる。リンク本人について、きみが受けた印象は？」

「自信満々で、やや威張る傾向があります」マキャスキーはいった。「われわれの捜査をたいへんな迷惑だと思っていると、はっきりいわれました。有罪なのか、それともわれわれが調べているのが不愉快なだけなのか、判断するのは難しいですね」

「あるいは、オプ・センターそのものに遺恨を抱いているか」フッドはいった。「CIAとNCMC（オプ・センター）は、ロン・フライデーがダブルスパイだというのをオプ・センターがあばいたことも含めて、永年のあいだに何度か衝突している。「どちらか憶測しろといわれたら、どう答える？」

「答えづらいですよ、長官。リンクは、今回の捜査には政治的な動機があると思い込んでいます。オプ・センターが予算削減を撤回させるのに利用していると。じっさい、われわれがウィルソン殺人事件にかかわっているかぎり、そういう非難をこれからも浴びることになるでしょうね」

「われわれはいつから他人の思惑を気にするようになったんだ」フッドはいった。皮肉なものだと、腹のなかでは思っていた。根拠はまちがっているが、リンクの推理は的中したことになる。「これからマットに画像の比較を頼む。ホテルの監視カメラの画像ファイルのパスワードは？」

「WW－1とRL－1」マキャスキーが答えた。「わたしはボブ・ハーバートに電話して、知恵を借りてから、英国大使館に行ってきます。ジョージ・デイリーに電話したんです。いまデイリーが、大使館の警備課長と電話会議を設定してます。ウィルソンが監視、ストーカー行為、脅迫の対象になっていたかどうかを、調べてもらいます」

「名案だ。戻ってきたら、また話をしよう」

フッドは電話を切り、バグズ・ベネットにかけた。インターネットのニュース写真サービスにアクセスしてくれと頼んだ。ケンドラ・ピーターソンの映像にくわえ、けさの記者会見の一部始終を入手するためだった。もうネットで見られるはずだ。ウィルソンとローレスの事件関連のマキャスキーの画像ファイルといっしょに、その画像をマット・ストールに転送するよう、フッドはベネットに指示した。オプ・センターに帰り着くと、そのままマット・ストールのところへ行った。

廊下は異様なまでに静まり返っていた。もちろん人員が減ったせいでもある。残った職員は、フッドと目を合わせようとしなかった。いや、それは気のせいだったのかもしれない。それとも、小学校で身についた習性だろうか。先生と目を合わせなければ、当てられずにすむ。長官と目を合わせなければ、馘《くび》にならずにすむ。

マット・ストールの執務室は、幹部区画の他の執務室とはまったく異なっている。当初、コンピュータの天才のストールは、小会議室にコンピュータ・技術支援作戦部（CATSO）を設置した。フッドはこのCATSOを何度も移動させようとしたのだが、ストールはすかさず、デスクや台やコンピュータをあぶなっかしい配置にして、部屋中にひろげた。オプ・センターでコンピュータの必要性が高まると、ストールは乱雑な装置類にあらたな機器をさらにつないだ。数カ月後には、手間を考えるととうてい移動できないような状態になっていた。

この長方形のスペースで、いまは職員四人が働いている。ストールと、永年の親友でオプ・センターの画像専門家のスティーヴン・ヴィアンズが、中央で背中合わせになって作業している。ヴィアンズは以前、国家偵察室（NRO）で、スパイ衛星を使う時間の割りふりをしていた。軍や情報機関が、宇宙から見た映像を必要とするときには、ヴィアンズを介してスパイ衛星を使わせてもらっていた。ヴィアンズが、非合法作戦の資金流用詐欺《さぎ》事件でスケープゴートにされたあと、フッドがオプ・センターに雇い入れた。

きのうの朝までは、ここであと三人が働いていた。メイ・ウォン、ジェファーソン・ジェファーソン、そしてパトリシア・アロヨ。ほかに七人の技術者が、となりの執務室にいた。ストールは、技術者を五人と、その幹部三人のうち一人を減らすよう命じられた。一番後輩にあたるパトリシアを、マットは選んだ。パトリシアと五人は、三十分以内に退出した。政府機関ではそれが標準の手順になっている。そうしないと、不満を抱いた職員が機器やプログラムに破壊工作をこころみたり、機密の資材を持ち出すおそれがあるからだ。フッドは、ロジャーズだけ例外的に遇している。他の職員については、そういう危険は冒せない。

フッドは、沈痛な面持ちの一同に挨拶《あいさつ》をして、用向きを説明した。ストールは、ベネットが画像を送ってくるのを待たず、ネットニュースそのものに接続して、記者会見の画像を取り込んで、ケンドラ・ピーターソンの画像だけを選り分けていた。マキャスキーのファイルにあるホテルの監視カメラの画像ファイルをひらいた。三次元ACEファイルをひらき、比較する画像ファイルをドラッグ&ドロップで、そのファイルに入れた。ACEとは、ストールが作成した角度構築補外プログラムのことだ。わずかな情報データから、三次元映像を作成することができる。鼻から顔全体を構築することはできないが、鼻のひとつの画像から、その鼻をあらゆる方角から見た画像が作れる。それを他の画像に重ねあわせ、一致するかどうかをたしかめることができる。

刺客の画像ではっきりしている部分は、手袋をはめた手、顎《あご》、片耳の一部だけだった。あとはすべて、帽子、スカーフ、ブーツ、たっぷりした服に隠れている。肌の色も判断の材料にはできない。ケンドラ・ピーターソンは、かなり肌が白いアジア系の女性だ。エレベーターに乗っていた女は、浅黒いようだが、帽子の影のせいでそう見えるのかもしれない。

「この女は、かなりの凄腕《すごうで》だな」そばに来て覗《のぞ》いていたヴィアンズがいった。

「ダレルは、女がホテルにはいる前に下見したと考えている」フッドはいった。

「ちがうと思いますね」ヴィアンズがいった。「とにかく、ふつうに考えるような下見ではないな」

「どうして？」

「カメラの場所にくわえて、どういうレンズが使われているかも承知している」ヴィアンズがいった。「カメラを見ただけじゃ、そこまではわかりませんよ。たいがいマジックミラー式のカバーがかぶせてありますからね」

「どういうレンズが使われているんだ？」フッドはきいた。

「ヘイ・アダムズのエレベーターのは、三七ミリ広角レンズ」ヴィアンズが説明した。

「焦点距離が短めで、周辺がゆがみ、一八〇度の範囲が写し出されます」

「魚眼レンズだな」

「俗ないいかたではね」ヴィアンズが答えた。「エレベーターの監視カメラは、エレベーターの大きさや、隅の照明の加減、犯罪が起きそうな場所を入口か隅に想定するかといったことによって、標準や広角のレンズを使い分けるんですよ。カメラの配置には、プライバシー問題も考慮されます。国によっては、真上から頭だけを写すところもあります。この女の立ちかたと、帽子の鍔《つば》の傾けかたは、カメラの視線をできるだけさえぎるようになっています」

「その説明でもまだよくわからないんだが」フッドはいった。「レンズに関係なく、おなじ位置に立とうとするんじゃないのか？」

「いいえ」ヴィアンズがいった。「標準レンズでは、鍔がこんなふうにひろがってここまで鼻を隠すことはないんです。刺客は、このカメラの画像そのものを確認している可能性が高い」

ふたりが話をしているあいだに、メイ・ウォンが電話をかけた。

「それと、十中八九、ケンドラ・ピーターソンではないでしょう」ストールがいい放った。顔写真による三次元構築が完成し、拡大も済んでいた。二十数枚の画像がある。ストールが、フルサイズ画像でスライドショーを用意した。「監視カメラが捉《とら》えた女の体表は全体の七パーセント、そのうち一致する部分は六パーセントです」

「調べをつづけるにはふじゅうぶんか、もしくは容疑者ではないということだな？」

「容疑者ではありませんよ」ストールが、きっぱりといった。「いくつか明確なポイントがあります」カーソルを使い、見えている顔の部分を強調表示した。「骨、軟骨、肉、細かい皺《しわ》のふくらみがあります。見えているものもあれば、陰影から推測したものもあります。われわれに見えている狭い範囲では、このふたつの顔は九四パーセント異なっています。整形手術をしたのならべつですが、エレベーターの女がケンドラ・ピーターソンである可能性はない。バグズが送ってきた古い画像と、記者会見の画像を比べましたが、ピーターソンは整形手術はしていません。完全に一致しました」

「フッド長官」メイ・ウォンがいった。

「どうした？」

「ヘイ・アダムズの警備室の話では、監視カメラの画像は二日間しか保存しないそうです」受話器を置きながら、メイ・ウォンはいった。「あちらでも画像を比較してみたそうです。画像ライブラリを調べれば、前にホテルに来たかどうかがわかるかもしれないと思ったんですが」

「警備室へ行った人間を調べられないかな？」ストールがきいた。「政治家はホテルのパーティではよく便宜をはかってもらう。監視カメラの場所を確認するために、あらかじめ警備チームを派遣しているはずだ」

「じつはもうダレルがそれを調べた」フッドはいった。「ヘイ・アダムズは、下調べにいった議員スタッフを記録していない。記録していたとしても、あまり役に立たないだろう。何人もを経由して刺客に情報が伝わったとも考えられる」

「ピーターソンがオー議員の警備を担当していたとすると、そこを経由したこともありうる」ストールが指摘した。

「考えられるな」フッドはうなずいた。

電話が鳴った。メイ・ウォンが出た。「長官に」フッドに向かっていった。「バグズからです」

「すぐに戻るといってくれ」フッドはいった。「マット、それでもなお、画像の女の身許《もと》を突き止める必要がある。いまある情報から、顔を組み立てる方法はないか？　頰や下顎などの骨の構造から」

ストールが首をふった。「ぼくのところのどんなソフトウェアでも、できません」

「犯罪者の顔写真はどうだ？」ヴィアンズが質問を投げた。「ＦＢＩがオンラインで公表している。そういった写真の顎と比較したら？」

「それはやってもいいが、この刺客はありきたりの殺し屋ではないと思う」フッドはいった。

「どうしてですか？」ヴィアンズがきいた。

「監視カメラに写らないくらい抜け目がない。警察に容疑をかけられたことすらないだろう」

「甘い甘い」うしろから声が聞こえた。

フッドはふりむいた。ボブ・ハーバートが戸口にいた。

「なにが甘いんだ、ボブ？」フッドは愛想よく応じた。ここは攻めに出る潮時だ。ハーバートはまだ癇癪《かんしゃく》を起こしやすい気分かもしれないが、解決しなければならない事件がここにある。

「諸君が〝青少年犯罪撲滅運動〟ごっこをしているのを、ずっとここで聞いていた」ハーバートは、車椅子《くるまいす》を動かしてはいってきた。「ここは情報官たるわたしの知恵を借りるのが至当だろうな、諸君。抜け目なく監視カメラに写らないようにしていた売春婦を何人も知っていたが、だからといって、そういう女が刺客だとはかぎらない」

「われらが情報官は、きのう知恵を貸さないことを決めたようだった」フッドはからかった。「自分から戻ってくるのが最善だと思ったんでね。帰ってきてほっとした。で、きみの見解は？」

「さっきダレルと話をしたんだが、わたしの見解は単純明快だ」ハーバートはいった。「殺人犯はふたつの基準にあてはまらなければならない。そうでなかったら殺人犯ではない。ひとつ、ウィルソンの死によって得をするのはだれか？　ふたつ、それを実行する技倆《ぎりょう》をそなえているのはだれか？　われわれの貧弱なリストには、リンクしか載っていない。となると、選択肢はふたつ。ひとつ、おなじように基準にあてはまる人間を捜すために、資源を無駄遣いする。ふたつ、全力をかけてリンクを追及する。ジュースができるかどうか、レモンみたいに搾《しぼ》りあげる。ジュースができなければ、つぎへ進む」

「どうやって搾りあげるんだ？」フッドはきいた。

「よくぞきいてくれた」ハーバートはいった。「長期潜《もぐ》入工作員や二重スパイの容疑者に対して使ったのとおなじ、昔ながらの手順ですよ。面と向かっていってやる。〝おまえがどうも臭い。吐くまでつきまとってやる〟。当然ながら、そいつら《ら》は容疑をよそへそらそうとする。ロバート・ローレスを殺したのは、その流れにちがいない。リンクを追及すれば、おなじことをもう一度やるか、あるいは作戦そのものを中止するでしょう。どちらにしても、配下に指示を出すために接触せざるをえない。そのときにわれわれが襲い掛かるという寸法です」

あたりが水を打ったように静かになった。

「電話をかけるのはだれがやる？」

「ダレルがいまやりましたよ」ハーバートはいった。「それでバグズが長官を呼んだんです。ダレルが電話しているのを報《しら》せるために」

「正しい判断だな」フッドはいった。

「そう思ってもらえると、ダレルはいっていました」ハーバートはいった。

「リンクはどう答えた?」

「長官がやけっぱちになっていると。これがその証拠だ、と」ハーバートはいった。

「ダレルは、そうではないと答えました。よくあるいつまでたっても結論の出ないどなり合いだ。国連がいい例で、ほんとうの駆け引きは裏で進められている、と。ダレルは、マリアを応援に呼びました。マットには、コンピュータのファイルを探って、ストーンのことを調べさせましょう」

「よく考えられているな」フッドはいった。

「でしょう。どうも。なにかわかったら報せますよ」ハーバートはいった。

ハーバートは、車椅子の向きを変えて出ていった。フッドはなにもいわずに見送った。沈黙がいまやいっそう重苦しくなっている。フッドは一同に礼をいうことで沈黙を破り、そこを出ようとした。ストールがあわてて追いかけてきた。

「長官」ストールがいった。

フッドはふりむいた。「どうした、マット?」

「ボブはちょっと埒《らち》を越えてましたね――長官はうまいことさばいた」

「ありがとう」

「ぶっちゃけた話、オプ・センターとCIOCのあいだが揉《も》めているっていうのを、だいぶ聞いているんです」

「だれから聞いた?」

「ああ、じつは耳で聞いたわけじゃなくて」ストールがいった。「CIAとFBIの内部電子メールをハッキングしてみたんですよ」

「どちらもウィルソンのファイアウォールが使われているんじゃないのか?」

「です」ストールがいった。

「それを破ったのか?」

「ちょっとちがうんです」ストールは説明した。「マスターロックには重大な欠陥があるんですが、ハッカーがそれに付け込むには、前から仕組んでおく必要があります。ぼくは二年前にCIAとFBIに、ウイルス付きのメールを送っておきました。時限爆弾ですよ。そいつがソフトウェアに隠れていて、ぼくのコマンドで、セキュリティ関連の部分を、前世代のシステムに戻してしまう。つまり、好きなようにコンピュータを旧式にすることができ、そのあとでまた現在のプログラムに戻す。だれかがコンピュータを調べても見つからないでしょう」

「マット、すごいじゃないか」

「ありがとう。複雑になるばかりのファイアウォールを回避するには、壁ができるまえに忍び込むのがいいと思ったんですよ。そんなことはともかく、内部電子メールから、オプ・センターがウィルソン事件を利用して派手な芝居を打っていると思っている連中や、オプ・センターが消滅の瀬戸際《せとぎわ》だから必死で注意を惹《ひ》こうとしていると思っている連中が多いことがわかったんです」

「どちらも事実ではない」フッドはいった。

「では、なにが事実なんです？」

「われわれはダウンサイジングに遭った。それだけだ」フッドはきっぱりといった。

「いまわたしは、われわれの資産が一部でも回復できないかと努力している」

「そうですか？　見込みは？」

「かなりある」フッドは答えた。「もっと詳しいことがわかったら、部門の責任者に伝える」

「よかった。元気が出ますよ」

フッドは、若い部下の肩をぎゅっと握ってから、長官室に向かった。これほど心をかき乱されたことは、かつてなかった。長官の耳には、他の政府機関のゴシップはもとより、部内のゴシップも聞こえてこない。それに、これまでオプ・センターには、職員が不平をいうような原因がすこしもなかった。悲しい出来事や挫折《ざせつ》はあっても、それはいつも任務によるものだった。組織そのものが窮地に立たされているという意識を味わったことはなかった。オプ・センターがＣＩＯＣや他の政府機関に卑怯《ひきょう》な不意打ちを食らうことなど、だれも予想していなかった。ポール・フッドも国家危機管理センターも、インテリジェンス・コミュニティの寵児《ちょうじ》であったのだ。

みんながそう思っていた。

長官室に着くと、フッドはドアを閉めた。そこに立ち、デスクをじっと見た。大統領の提案を受け入れれば、これまでずっと戦ってきた猟官制度に身を任せることになる。自分の指針とする信条を是とするとはかぎらず、オプ・センターにとって正しいことが原則になってしまうだろう。もはやハーバートたちが揶揄《やゆ》したような教皇パウロではなくなる。ただの裏切り者ポールになる。

しかし、いまの時代、何事であろうと、そんなふうに正邪をはっきりできるものだろうか？　オー議員が脅威だという大統領の見かたの正否はどうでもよかった。あれは心理戦、政治宣伝だ。重要なのは、マット・ストールやダレル・マキャスキーを手放さないようにすることだ。フッドは、オプ・センターがこれから引き受けるであろう任務のすべてが気に入らなかった。だが、いまはのんびりとくつろげる環境の話をしているのではない。今後もオプ・センターが危機管理の重大任務をつづけられるように、できるだけいまの態勢を維持できるかどうかの瀬戸際なのだ。

フッドは電話のところへ行き、ダベンポート上院議員にかけた。先刻提示された条件を呑《の》むと告げた。ただし、大使のポストなどではなく、いまのスタッフを維持するように約束してもらいたいと頼んだ。

そのためなら、悪魔とでも取り引きをする。

26

火曜日　午前十一時五十分
ワシントンDC

ケネス・リンク提督は、会議室にひとり座って、党大会のレイアウトの図面をコンピュータで見ていた。エリック・ストーンが電子メールで、演壇の場所について提案してきた。演壇をコンベンション・センターの北寄りに一五メートル移動してはどうかというのだ。そうすると、メインゲートから入場する聴衆から見て、演説する人間は右寄りになる。わざとらしいと思え、リンクはそれを却下する気持ちに傾いていた。

いや、逆かもしれない。リンクにもよくわからなくなった。ダレル・マキャスキーの事情聴取を受けたあと、不機嫌になっていた。予想どおりにはいかなかった。自分たちがウィルソンを嫌っていることを率直に認めれば、罪はないとマキャスキーが確信すると踏んだのだ。ところが、話し合いのなにがきっかけだったのか、オプ・センターが態度を硬化させた。退役海軍将官でありＣＩＡの秘密工作部門を指揮していた自分が、安っぽい元ロサンジェルス市長などの取り調べを受けてたまるか、という気持ちがあった。

まして、裁かれるとはもってのほかだ。

リンクはこれまでの仕事を通じて、必要と正式手順、あるいは便宜と制約という相反する二者を調停する難しさを味わってきた。正邪は主観。合法と違法は客観。この二大勢力が争うときは、どちらを従とすべきなのか？　ことに、法的にまちがっていることが、倫理的にまちがっている多くのことを是正できるようなときに。

リンクは当然ながら、自発的な決断を規則の上に置いている。つまり、法的要件よりも正義を重んじる。だが、それだけではない。国防に携わるものは、臆病《おくびょう》であってはならない。覚悟のない人間がやる仕事ではないのだ。人材も欠かせない。さいわい、リンクにはそれがある。リンクはひとびとに忠誠であり、ひとびとはリンクに忠誠だった。

このウィリアム・ウィルソン事件は、厄介な問題にはならないはずだった。万事、正しいやりかたで、正しい理由に基づいてやっている。舌の下側を調べるのは、検屍官《けんし》のチェックリストにはあるが、細い針はやわらかな血管組織にほとんど跡を残さない。解剖学によっぽど詳しくないかぎり、見つからないはずだった。ウィルソンの死は、二日ほど騒がれるだけですむはずだった。そのあとは、二カ月ほど、週刊のニュース雑誌や月刊の経済誌にネタとして取りあげられる。重要なのは、ウィルソンのネットバンキング計画が忘れ去られることだった。投資家にべつのビジネスチャンスを用意する計画を、だれかが提案することになるだろう。ＵＳＦの政治基盤である、国内のビジネスチャンス。アメリカのテクノロジー、製造業、資源への投資が、そこでは中心になる。国内経済に金が流入し、国民は優遇税制をおおいに満喫できる。

そういう計画によって、アメリカ合衆国第一党は政界地図の一翼を占めることになる。計画のどの段階でも、情報機関が関与することは、だれも予測していなかった。けさまでは、一日で片がつくと、リンクは考えていた。マイク・ロジャーズを雇うことで、オプ・センターの意思をくじくことができるだろうと踏んでいた。それに、事件を利用していると見られれば、政治的に追い込まれる。ポール・フッドを見くびっていたことに、リンクは気づいた。オプ・センターが捜査に乗り出したのは、吹聴《ふいちょう》されているフッドの理想主義ゆえなのか、ハリウッド流のナルシシズムゆえなのか、それともその両方が原因なのだろうか。いずれにせよ、邪魔立てされるわけにはいかない。まだやらなければならないことがあるし、オプ・センターが妨害するおそれがある。

諜報《ちょうほう》活動でも軍事作戦でも、隠密《おんみつ》にやる利点が消滅する時点がある。秘密の暗殺に失敗した時点で、戦略をピッグズ湾事件というシナリオに変更しなければならなかったのがいい例だ——もっとも、それも成功しなかった。いわゆる参謀《アーキテクト》集団がその時点に達したときには、謀略の実行を相手に疑われているかどうかではなく、実行を相手が立証できるかどうかが問題になる。

リンクは、会議室の向こう端のフロア・キャビネットのところへ行った。なかに金庫がある。それをあけて、STU－3――第三世代の暗号電話機――を出した。その真っ白な電話機を、会議テーブルに置いてあるふつうの電話機のコネクターにつないだ。STU－3は、見かけはふつうの電話機と変わらないが、秘密のボタンを押すと、暗号化された秘話通信ができるようになる。リンクがいまかけようとしている携帯電話との通話でもそれが可能だった。

大胆な行動が必要だ。おぞましい行動だが、それでこちらへの追及はやむだろう。マスコミが注射殺人鬼と呼んでいる犯人を、警察はちがう線で捜すようになるはずだ。すぐに捜査は沙汰《さた》やみになるはずだ。殺人鬼は見つからない。大衆は興味を失う。しかも、それに取って代わるニュースが生まれる。

27

火曜日 午後零時十分
ワシントンDC

マイク・ロジャーズは、エドワード・エヴァレット・ヘイルの短編小説「祖国なき男」のフィリップ・ノーランになったような心地だった。この登場人物は、反逆罪で裁かれたアメリカの政治家アーロン・バーの陰謀に加担し、国外追放されるのだが、ロジャーズは、時機と状況の両面で、追放されたような思いを味わっていた。オプ・センターにはまだ雇われているが、オプ・センターはみずからの憲章を破っている。フッドが軍のいう〝組織志向の政治目標〟を追っていると、ロジャーズは考えていた。新兵器を実験したり、旧式弾薬を使い果たしたりするために、愛国心をよそおってどこかの兵科が戦争をはじめることをそういう。オプ・センターがウィルソンの死を調査する根拠は、かろうじて合法といえるものだった。それがいまは、当初命じられた枠を越えて、自己保全のために動いている。皮肉なことに、ロジャーズはいくぶん納得していた。こちらに辞任を求めなければならなかったフッドは、さぞかし傷ついただろう。そして、これ以上解雇することを避けようとしている。だが、オプ・センターへ行ってフッドを呼び出し、自分の新しい雇い主の顔に泥を塗るのをやめろ、と非難したい気持ちもあった。だが、そうはせず、キャット・ロックリーやケンドラ・ピーターソンといっしょに、党大会の計画を検討し、オー議員の政治基盤について話し合っていた。ときどき一同がロジャーズの意見をきいた。そして、いくつかの意見が取り入れられた。オーのスタッフは、ずっと自分たちだけで計画を練ってきたので、新しい目で吟味されるのをよろこんで受け入れた。ロジャーズにとっても有益な経験だった。意見をきいてもらえるのはうれしいものだ。

会議が終わると、ロジャーズはキャット・ロックリーをランチに誘った。三十分後には抜けられる、とキャットが答えた。デラウエア・アヴェニューで待っている、とロジャーズはいった。それも元気づけになった。オプ・センターではナンバー2という地位だったので、女性にはあまり近づかないようにしていた。相手に絶対的な命令を下したり、戦闘に派遣したりする場合もあるわけだから、深入りしたくなかった。エネルギーや新鮮なアイデアに満ちている若い女性に交じって、あれこれ意見をぶつけ合うのは楽しかった。それに、男をぞっこんまいらせる笑み。以前、ボブ・ハーバートは、大学の模擬シンクタンクでの女子学生たちとの会合を〝PC〟と呼んでいた。「楽しく強圧的《プレザントリー・コウアーシヴ》」

「差別表現禁止《ポリティカリー・コレクト》という意味じゃないよ」ハーバートはいった。

この会議は、まさにそれだった。リンク提督と鉢合わせしそうになった。副大統領候補は、機嫌の悪い顔をしていた。

「きみの仲間のマキャスキー君は、いつもこんなふうに頑固なのか？」リンクがきいた。

「さっきの話し合いのことじゃない。あとで電話がかかってきて、捜査は今後も強化されるだろうといってきた」

「なんですって？」ロジャーズはいった。「それはいつものダレルらしくない。だれかの指示で火を煽《あお》っているにちがいない」

「フッドはいつもこんなふうに無鉄砲なのか？」

ロジャーズは、きっぱりと首をふった。「今回の予算危機でかなり動揺しているんでしょう。話をしてみましょうか？」

「それはどうかな――」

「わたしはかまいませんよ」ロジャーズはいった。「どのみち、向こうへ行って、すこしばかり騒いでやろうかと思っていたんです」

「だめだ」リンクがいった。「フッドはどのみちやりたいようにやるだろう。やらせておけ。どうせこっちが勝つのに、どうして戦いを仕掛ける？」

「ミサイルを発射機に入れて、安全装置をはずしたところだからですよ」と、ロジャーズは答えた。

リンクが笑みを浮かべた。「そいつは選挙運動まで温存しよう、将軍。こんなものは余興だ。どうということはない」

ロジャーズは、渋々従うことにした。とにかく敵と戦うことしか眼中にない場合がある。いまもそうだった。リンクは、ロジャーズに助力の礼をいい、ケンドラのほうへ行った。ロジャーズは、デラウェア・アヴェニューに出ていって、ベンチに腰かけ、陽光を全身に浴びた。世界のさまざまな場所で、おなじ太陽がちがうふうに感じられるのが、なぜか不思議に思われた。機械化旅団の訓練を指揮した南西部の砂漠では、灼《や》けるようだった。ヒマラヤの太陽は力がない。北朝鮮の湿気の多い金剛山では、ぬるぬるしている。南米の平原では暖かさとビタミンに満ちている。中東では仇敵《きゅうてき》のようだ。しかし、ここではいれたての紅茶みたいに心を安らげる。ひとも組織も、太陽とおなじぐらいさまざまな彩《いろどり》をそなえている。何事も、場所、その日、状況によって異なる。

オプ・センターが自分を涵養《かんよう》してくれたときもあったのだ。

ベンチに座り、携帯電話のメッセージを確認した。心理学者のリズ・ゴードンから、ようすをたずねる電話が一本かかっていて、都合がついたらできるだけ早く電話してほしいというフッドからのメッセージもあった。フッドの困ったような声を聞いて、ロジャーズは頬をゆるめた。理由は想像がつく。短縮ダイヤルでフッドにかけた。結局、意図したとおり対決できるようになった。

「忠誠は名誉や高潔とともに戦闘中行方不明」前置きもなしに、フッドが腹立たしげにいった。「マイク、きみは、この言葉をルーシー・オコナーというレポーターに引用していいといったな」

「いいましたよ」ロジャーズは答えた。

「なぜだ？」

「事実だからです。それに、個人攻撃だととらないでほしい、ポール。オプ・センターだけではなく、あらゆるところでそうだといったんですから」

「わたしがどうとるかは関係ない」フッドはいった。「チームのみんながどう解釈するかのほうがはるかに重要だ。マイク、予算削減をめぐる状況について話し合って、きみは了解したものと――」

「ポール、わたしが馘《くび》になったことばかりが問題じゃない。リンク提督に対するこの卑劣な捜査もかかわっているんです」

「どこが卑劣だというんだ？」フッドはきいた。

「もくろみがあるいやがらせだからですよ」ロジャーズはきっぱりといった。

「そうではないことぐらい、わかるはずだろうが」

「ダレルのことならわかっていますよ。長官のことはよくわからなくなっていますがね、長官の許可がなかったら、ダレルはああいうことはやらないでしょう」

「ああ、許可した」フッドはいった。「じっさい奨励した。しかるべき理由があるからだ。ただし、捜査の強化を提案したのはわたしじゃない。こんなことは明かすべきではないだろうが、ボブ・ハーバートの考えだ」

「ボブの？」

「そうだ」

ロジャーズは不意打ちを食らった。裸体をさらしているような心地になった。鋭い視線でゆっくりと周囲を探った。道路沿いや通りの向かいに目を配り、駐車している車やオフィス・ビルの窓をうかがった。オプ・センターが使っている尾行要員は、すべて知っている。そのうちのだれかが、ハンバーガーやペイパーバックで顔を隠して見張っているのではないかと思った。味方があっというまに敵に変わることを思い、不安をもよおした。

「いいか、わたしはマスコミでどなり合いコンテストをするつもりはない」フッドは話をつづけた。「オコナーさんには、きみの意見には承服できないといっただけだ。ただ、わたしが第一に考えているのがオプ・センターのことだというのを、あらためて肝に銘じてくれ――」

「それは、解雇になったことでつくづく思い知らされた」ロジャーズはさえぎった。

「事情はわかっているものと思っていた」

「わかっている。わたしがそれを気に入らないのを、長官はわかっていると思っていましたがね」

ふたりは、ふっつりと話をやめた。空電雑音の混じる携帯電話の沈黙が重苦しかったが、不愉快ではなかった。フッドはどこかおかしい、とロジャーズは思った。座ったまま、見知った顔を捜した。エイディーン・マーリイ、マリア・コルネハ・マキャスキー、デイヴィッド・バタット。ロジャーズが訓練をほどこしたものもいる。彼らの気持ちを思うと、心がうずいた。

「マイク、われわれはどちらもおなじことを願っている」フッドはいった。「捜査がどちらに向かおうと、これができるだけ早く終わることを願っている。だから、せめて、ボブのところの連中に仕事させて――」

「そんなことは、頼まれなくても承知していますよ」ロジャーズはいった。「決まりは決まりだ。ただ、わたしを跟《つ》けさせるのだけはやめてほしい」

「そんなことをやるわけがないだろう」フッドはいった。心外だという口調だった。

いい気味だ。

ロジャーズは、電話を切った。ボブ・ハーバートが相手なら、怒るのはやめようと思った。ハーバートは、情報官として当然の仕事をしているのだ。だが、さらに重要なのは、フッドがいったしかるべき理由によって、この傷ついた飛行機を格納庫に収める作業に、ハーバートが乗り出したと考えられることだった。ハーバートは、フッドとはちがって、友人の利害に気を配る。

ロジャーズは、携帯電話をポケットにしまった。厳密には勤務中ではないので、軍服は着ていない。軍服ではなくブレザーを着ているのが、ちょっと変な感じだった。解放感もあった。マイク・ロジャーズとロジャーズ陸軍少将は、ずっと同一人物だったので、民間人になるのがどういうことなのか、たしかめるのが楽しみだった。まずは自分を裏切った指揮官に反論できる自由が得られた。

ロジャーズは、自分を見張っているスパイを捜すのをやめた。息抜きを楽しもう。キャットが息を切らして笑顔で現われると、ランチも楽しいものになるだろうと思った。ふたりは屋外に座れるカフェへ行って、ウェイティング・リストに名前を書き、午前中の会議をふりかえった。キャットがガス抜き――あまりロマンティックではないが、軍隊ではそう呼んでいる――を終えるあいだ、ロジャーズはじっと聞いていた。だが、席についてからは、選挙の話はやめてほしいと約束させた。事件のことや、オー議員にかかわることは話さない。きみの人生のことが聞きたい、と。

話してあげる、とキャットがいった。

民間人になるのは結構だが、もっとうれしいのは男性になれることだった。これもフッドのおかげだ。自分がなんとしても望んでいる未来のことは、考えないようにした。オー上院議員がオー大統領になり、自分が国防長官になる。そうなると猟官制度によって指名された人間が、CIOCをダベンポート議員の手から奪う。新しい委員長が最初に執り行なうのは、フッド長官への辞任要求だろう。

どんなことをやるときでも、復讐《ふくしゅう》を一番の理由にしてはならない。だから、ロジャーズはあえて未来を考えないようにした。憎むべきライヴァルを第一ラウンドで叩《たた》きのめそうとするボクサーは、早く消耗する。それとおなじで、性急な態度は望ましくない結果を生む。

ロジャーズは、もっと周到なやりかたをしたかった。

いってみれば、原子爆弾ではなく、死の灰になる。

ノドン強奪

T・クランシー
S・ピチェニック
伏見威蕃訳

韓国大統領就任式典で爆弾テロ発生！ 米国の秘密諜報機関オプ・センターが、第二次朝鮮戦争勃発阻止に挑む、軍事謀略新シリーズ。

聖戦の獅子（上・下）

T・クランシー
S・ピチェニック
伏見威蕃訳

ボツワナで神父がテロリストに誘拐された。この事件でアメリカ、ヴァチカン、そして日本までもが邪悪な陰謀の影に呑み込まれる。

被曝海域（上・下）

T・クランシー
S・ピチェニック
伏見威蕃訳

海洋投棄場から消えた使用済み核燃料。テロリストによる核攻撃——。史上最悪のシナリオにオプ・センターが挑む、シリーズ第10弾。

容赦なく（上・下）

T・クランシー
村上博基訳

一瞬にして家族を失った元海軍特殊部隊員に「二つの任務」が舞い込んだ。麻薬組織を潰し、捕虜救出作戦に向かう〝クラーク〟の活躍。

レインボー・シックス（1〜4）

T・クランシー
村上博基訳

国際テロ組織に対処すべく、多国籍特殊部隊が創設された。指揮官はJ・クラーク。全米を席巻した、クランシー渾身の軍事謀略巨編。

国際テロ（上・下）

T・クランシー
田村源二訳

ライアンが構想した対テロ秘密結社ザ・キャンパスがいよいよ始動。逞しく成長したジュニアが前代未聞のテロリスト狩りを展開する。

R・ラドラム
山本光伸訳
シグマ最終指令（上・下）
大量虐殺の生還者か、元ナチス将校か……父の幻影を探るべく、秘密結社〝シグマ〟に挑む国際ビジネスマンと美貌のエージェント。

R・ラドラム
山本光伸訳
暗殺のアルゴリズム（上・下）
組織を追われた諜報員が組みこまれた緻密な殺しの方程式。逃れるすべはあるのか？ 巨匠の死後に発見された謀略巨編の最高傑作！

D・L・ロビンズ
村上和久訳
ルーズベルト暗殺計画（上・下）
その死は暗殺だったのか？ 今なお残る大統領最後の4ヶ月の謎。歴史学教授、暗殺史の専門家が美貌の殺し屋に挑むサスペンス巨編。

H・ブラム
大久保寛訳
ナチス狩り
終戦直前の一九四四年九月、ユダヤ史上初の戦闘部隊が誕生した——彼らの極秘任務は、復讐を心に誓う壮絶なナチス狩りだった！

フリーマントル
二宮磬訳
殺人にうってつけの日
妻と相棒の裏切りで十五年投獄。最強の復讐者と化した元CIA工作員と情報のプロとの壮絶な頭脳戦！ 巨匠の最高峰サスペンス。

S・ハンター
佐藤和彦訳
極大射程（上・下）
大統領狙撃犯の汚名を着せられた伝説のスナイパー・ボブ。名誉と愛する人を守るため、ライフルを手に空前の銃撃戦へと向かった。

トマス・ハリス
宇野利泰訳
ブラックサンデー
スーパー・ボウルが行なわれる競技場を大統領と八万人の観客もろとも爆破する――パレスチナゲリラ「黒い九月」の無差別テロ計画。

J・クリード
鎌田三平訳
ブラック・ドッグ
アイルランド沖に不時着したパイロットの最期の言葉――ブラック・ドッグ。元情報部員ジャックの前に意外な謀略が浮かび上がる！

C・カッスラー
D・カッスラー
中山善之訳
極東細菌テロを爆砕せよ（上・下）
旧日本軍の潜水艦が搭載していた細菌兵器を北朝鮮が奪取した。朝鮮半島、さらには米国をも巻き込む狂気の暴走は阻止できるのか。

J・アーチャー
永井淳訳
百万ドルをとり返せ！
株式詐欺にあって無一文になった四人の男たちが、オクスフォード大学の天才的数学教授を中心に、頭脳の限りを尽す絶妙の奪回作戦。

G・M・フォード
三川基好訳
毒魔
全米を震撼させた劇物散布――死者百十六人。テロと断定した捜査をよそに元記者は意外すぎる黒幕を暴くが……驚愕のどんでん返し！

S・キング
吉野美恵子訳
デッド・ゾーン（上・下）
ジョン・スミスは55カ月の昏睡状態から奇跡的に回復し、人の過去や将来を言いあてる能力も身につけた――予知能力者の苦悩と悲劇。

新潮文庫最新刊

C・セーガン
滋賀陽子
松田良一 訳
百億の星と千億の生命
巨大な数の数え方から地球温暖化の解決策まで――二〇世紀最後の天才科学者が、ユーモアと警告を込めて贈るラスト・メッセージ！

T・クランシー
S・ピチェニック
伏見威蕃 訳
叛逆指令（上・下）
副長官罷免！　崩壊の危機にさらされる満身創痍のオプ・センターが、ワシントンで大統領候補をめぐる陰謀に挑む。シリーズ第11弾。

フリーマントル
戸田裕之 訳
ネームドロッパー（上・下）
個人情報は無限に手に入る！　ネット上で財産を騙し取る優雅なプロの詐欺師が逆に女にハメられた？　巨匠による知的サスペンス。

B・ウィルソン
宇佐川晶子 訳
こんにちはアン（上・下）
世界中の女の子を魅了し続ける「赤毛のアン」が、プリンス・エドワード島でマシュウに出会うまでの物語。アン誕生100周年記念作品。

J・アーチャー
永井淳 訳
プリズン・ストーリーズ
豊かな肉付けのキャラクターと緻密な構成、意外な結末――とことん楽しませる待望の短編集。著者が服役中に聞いた実話が多いとか。

L・アドキンズ
R・アドキンズ
木原武一 訳
ロゼッタストーン解読
失われた古代文字はいかにして解読されたのか？　若き天才シャンポリオンが熾烈な競争と強力なライバルに挑む。興奮の歴史ドラマ。

叛《はん》逆《ぎゃく》指《し》令《れい》(上)

新潮文庫　ク－28－39

Published 2008 in Japan
by Shinchosha Company

平成二十年八月一日発行

訳者　伏《ふし》見《み》威《い》蕃《わん》

発行者　佐藤隆信

発行所　株式会社新潮社

郵便番号　一六二―八七一一
東京都新宿区矢来町七一
電話　編集部(〇三)三二六六―五四四〇
読者係(〇三)三二六六―五一一一
http://www.shinchosha.co.jp

価格はカバーに表示してあります。

乱丁・落丁本は、ご面倒ですが小社読者係宛ご送付ください。送料小社負担にてお取替えいたします。

印刷・株式会社光邦　製本・憲専堂製本株式会社

ISBN978-4-10-247239-2 C0197